제리엠 게임판타지 장편소설
WISHBOOKS GAME FANTASY STORY

힐통령
태양의 사제

힐통령
태양의 사제 10

제리엠 게임판타지 장편소설

초판 1쇄 찍은 날 | 2019년 6월 19일
초판 1쇄 펴낸 날 | 2019년 6월 26일

지은이 | 제리엠
펴낸이 | 예경원

기획 | 위시북스
편집책임 | 이규재
편집 | 위시북스

펴낸곳 | 예원북스
등록번호 | 제396-2012-000132호
등록일자 | 2012. 7. 25
KFN | 제1-430호

주소 | 경기도 고양시 일산동구 호수로 646-24 위너스21Ⅱ빌딩 206A호 (우)10401
전화 | 031-819-9431 팩스 | 031-817-9432
E-mail | yewonbooks@naver.com

ⓒ제리엠, 2018

ISBN 979-11-6424-339-6 04810
        979-11-89450-74-8 (set)

제리엠 게임판타지 장편소설

WISHBOOKS GAME FANTASY STORY

힐링령 ⑩

태양의 사제

Wish
Books

힐통령
태양의 사제

CONTENTS

67장
성혈단(2)

성혈단에서의 위치를 확고히 한 순간.

띠링!

[축하합니다! 성혈단원 300인에게 진정한 성혈단장으로 인정을 받았습니다.]

[스페셜 칭호, '성혈단장'을 획득합니다.]

[세력창을 통해 성혈단원들의 능력치와 상태를 실시간으로 관리하실 수 있습니다.]

"흠."

알버트 교황에 의해 성혈단장으로 임명을 받았을 때도 받지 못했던 칭호다. 하지만 성혈단원들에게 진심으로 부딪힌 결과,

카이는 스페셜 칭호를 손에 넣을 수 있었다.

"칭호 도감 오픈."

[성혈단장]

[등급 : 스페셜]

[내용 : 단원들에게 인정을 받은 성혈단장에게 주는 칭호.]

[효과 : 성혈단원들과 함께 싸울 때, 성혈단원의 모든 능력치를 15% 상승시킵니다.

(이 효과는 칭호를 장착하지 않아도 적용됩니다.)]

칭호의 효과를 확인하는 순간 카이의 눈빛이 날카롭게 반짝였다.

'스페셜 칭호 내에서도 나름의 등급이 있는데…… 이 정도 효과면 최소 상급인데?'

모든 능력치 15% 상승. 얼핏 보기에는 별것 아닌 것처럼 보이지만, 스탯 몇 개 차이로 우위가 갈리는 게임에서는 엄청난 격차나 다름없었다.

'그리고 나도 단장의 직위를 가지고 있을 뿐, 성혈단원에 속하는 것은 같아.'

한마디로 저들과 함께 싸우면 자신의 능력치도 15%나 뻥튀기 된다는 뜻. 하지만 이번 대련에서 카이가 얻은 수확은 이것뿐만이 아니었다.

[듣는 이들의 심금을 울리는 연설을 하셨습니다.]

[당신의 연설을 귀담아들은 성혈단원들은 초심을 되찾고 가슴 속에 정의의 불씨를 피워냈습니다. 그들은 당신의 믿음직한 조력자가 되어 정의를 지키는 데 앞장설 것입니다.]

[성혈단원들의 사기가 대폭 상승합니다. 일주일 동안 그들의 모든 능력치가 10% 상승합니다.]

[진심에서 우러나온 말은 무릇 누군가의 마음 깊은 곳을 울리며, 영향을 주게 마련입니다. 당신을 주시하던 태양신 헬릭 또한 은은한 미소를 짓습니다.]

[선행 스탯이 15 상승합니다.]

[태양 목격자의 효과로 선행 스탯이 8 추가로 상승합니다.]

[화술 스킬의 숙련도가 대폭 상승합니다.]

[화술 스킬의 레벨이 오릅니다.]

…….

[화술 스킬의 레벨이 중급 1레벨이 되셨습니다.]

선행 스탯. 근래 들어 올리기 힘들었던 선행 스탯이 성기사들에게 말 몇 마디를 했다고 대폭 올라갔다.

'이 정도면 사룡을 잡을 때 쓴 강림은 만회가 되겠어.'

조만간 다시 한번 사용하게 될 것 같은 불안한 느낌은 들지만……

고개를 저어 애써 불길한 생각을 지워낸 카이는 이번 대련이 그에게 선사한 가장 큰 수확을 확인했다.

[고급 여명의 검법 LV.3 Passive.]

등급 : 유니크

검으로 공격할 시 적에게 공격력의 330% 대미지를 준다.

적을 공격할 시 신성 스탯에 비례한 추가 신성 피해를 준다. 적을 공격할 때마다 일정량의 신성력을 회복한다.

숙련도 97/100

'이제 고지야. 한 번, 조그마한 깨달음을 한 번만 깨우쳐도 레벨이 오를 것 같은데…….'

사룡 시네라스와의 전투도 전투였지만, 숙련도가 갑자기 이렇게 상승한 이유는 역시 대련 때문이었다.

'그러고 보니 검사 클래스의 유저들이 무사 수행이라는 걸 한다는 정보 글을 봤어.'

물론 그들이 밥 먹고 할 짓이 없어서 무사 수행을 다니는 건 아니었다. 경험해 보지 못한 검술을 상대할 때 높아지는 검에 대한 이해도. 게다가 상대방의 수준이 높을수록 더 높은 깨달음을 얻을 수 있다는 이점 때문이었다.

'확실히⋯⋯.'

카이는 묘한 눈빛으로 성혈단원들을 스윽 쳐다보았다.

눈앞의 인재들은 대륙 전역에서 모여든 이 천재들. 당연히 사용하는 검술도 모두가 제각각이었다. 일반적으로 이런 수준의 성기사들과 대련을 하려면 웬만한 방법으론 턱도 없다.

'성혈단과의 대련을 성사시키려면 최소 대주교급 인사와 친분이 있어야겠지.'

현존하는 유저 중 카이를 제외하고 교단과 가장 친밀한 이는 미네르바. 그녀조차 태양교 본단에서는 모험가라고 괄시 아닌 괄시를 받고 있는 상황이다. 한 마디로 카이를 제외하고는 이런 식으로 대련을 할 수 있는 사람이 없다는 뜻.

'뭐, 프레이 길드 녀석들이 눈치가 빠르다면 한 명씩 꼬드겨서 대련을 하겠지.'

물론 그들이 성혈단원들과 대련을 하려면 자신처럼은 절대 할 수 없을 것이다. 한 명을 상대하기도 벅찬 것이 현재 그들의 수준이었으니까.

'총 64명.'

카이가 이번에 검을 나눈 성기사들의 숫자였다. 게다가 처음부터 숙련도를 올릴 목적으로, 선공을 세 번이 아닌 다섯 번이나 양보해 주었다.

카이의 검술 숙련도가 빠른 속도로 올라가는 것은 당연지사. 그 과정에서 그가 터득한 깨달음은 어디 가서 돈을 주고도 구할 수 없는 것이었다.

'이걸 이런 식으로 흘린다고?'

'호오. 공격과 방어를 동시에 할 수 있는 자세라…… 한쪽 능력이 극대화되어 있지는 않지만 밸런스가 잘 잡혀 있는 움직임이야.'

압도적인 스탯으로 대련 상대방의 공격을 가볍게 받아내면서, 그들의 장점과 특성을 모조리 뽑아내는 것. 아마 성혈단원들이 이 사실을 알았다면 지금쯤 도둑질이라도 당한 기분을 느꼈을 것이다.

'뭐, 때로는 모르는 게 약일 수도 있지. 그나저나 스킬 숙련도가 벌써 97인가. 말도 안 되게 올랐네.'

검을 휘두른 시간 자체는 그리 길지 않았다. 길어봐야 두 시간 남짓. 이로써 카이는 다시 한번 확신을 하게 됐다.

'역시 스킬의 숙련도 레벨이 고급 정도에 들어서면 얼마나 자주 사용하는가는 소용이 없어.'

깨달음의 영역!

카이는 잠시 눈을 감고 성혈단원들과 대련을 하면서 얻은 깨달음을 다시 한번 복기했다. 그 모습에서 카이에게 무언가 심상치 않은 기연이 찾아왔음을 느낀 성혈단원들은 얌전히 그의 명상이 끝나기를 기다렸다.

'검이란 적을 해치는 무기이다.'

'하지만 과연 검이 적을 상대할 때만 쓰는 물건일까.'

'오늘처럼 적이 아닌 상대와 가볍게 대련을 할 때도 쓸 수 있지.'

'그 과정에서 서로의 진심과 마음을 교류할 수 있다.'

'나를 믿지 못하던 이들이 나를 진심으로 따르게 만들 수도 있어.'

검의 또 다른 활용법. 검을 검이라는, 무기라는 카테고리에만 국한시키지 않고 소통의 도구로 사용한다는 깨달음!

마치 주머니 속에서 꼬인 이어폰 줄처럼 엉켜 있던 생각들이 스르륵 풀려나가기 시작했다.

그리고 마침내 찾아오는 간단한 깨우침.

'길바닥에 굴러다니는 돌멩이조차 무기로 사용하고자 하면 그것은 무기가 되고, 누군가를 지키는 방패조차 공격할 의지로 휘두르면 무기가 된다. 결국, 모든 것은 물건을 사용하는 사람의 생각에 달려 있는 것.'

생각해 보면 누구나 깨달을 수 있는 간단한 사실이었다.

하지만 미드 온라인이라는 게임에서 검을 휘두르면서, 쉴 새 없이 몬스터를 잡고 싸움을 벌이면서, 이런 간단한 생각을 하게 되는 이들이 과연 몇 명이나 될까.

카이의 머리 위로 한 차례 광채가 터져 나왔다.

찌잉-!

그리고 어김없이 튀어나오는 팡파르 소리.

[축하합니다! 검에 대한 깊은 수준의 고찰이 당신의 검술 실력을 한 단계 더 끌어올립니다.]

[여명의 검법 스킬의 숙련도가 대폭 상승합니다.]

[여명의 검법 스킬의 레벨이 오릅니다.]

[여명의 검법 스킬의 레벨이 고급 4레벨이 되셨습니다.]

[검풍(劍風) 스킬의 효과가 강화됩니다.]

"오."

검풍. 유니크 등급의 스킬로, 여명의 검법이 고급 3레벨이 되었을 때 획득한 능력이었다.

'구름을 벨 때 외에는 사용해 본 적이 없었지.'

왜냐하면, 거창한 스킬 이름과는 달리, 물리적인 파괴력이 그리 크지 않았기 때문이다. 하지만 고급 4레벨이 되어 검풍이 강화된 지금, 카이는 고개를 갸웃거렸다.

'하지만 검이 만들어내는 풍압이 강해 봤자……'

바람이 아니겠는가.

멀뚱멀뚱한 표정을 짓고 있는 카이에게 성혈단원들이 하나둘 찾아와 축하의 인사를 올렸다.

"단장님, 축하드립니다."

"또 하나의 벽을 허무셨군요."

"태양신께서 단장님을 보살피고 계심이 분명합니다."

"당신은…… 사랑받기 위해 태어난 사람……."

성혈단원들의 축하를 받은 카이는 가볍게 고개를 끄덕이며 그들을 뒤로 물렀다.

'스킬이 강화되었으니 한 번 정도 실험은 해봐야겠지.'

검풍 스킬은 재사용 대기시간이 존재하지 않는 스킬이었다. 다만 한 번 사용할 때마다 정신력의 소모가 극심했기에 여러 번 사용할 수 없었을 뿐.

카이는 제14연무장을 감싸고 있는 거대한 담을 쳐다보며 가볍게 검을 내리그었다.

우웅…….

이제 카이의 검은 청각이 정말 좋은 이가 집중하지 않으면 들을 수 없을 정도의 미약한 소리를 토해냈다. 하지만 검풍이 발생시키는 소음은 정확히 두 배가량 더 커졌다.

물론, 위력은 그 이상이었다.

와르르르르!

예전의 검풍이 이른 봄의 맵고 스산한 소소리바람을 일으킬 정도였다면 지금은 피부로 느껴지는 세기부터가 달랐다.

"우웃……!"

"가, 갑자기 무슨!"

방심하고 있던 성혈단원들이 뒤로 한, 두 걸음씩 밀려날 정도의 강력한 위력. 심지어 그들은 검풍이 발생하는 곳의 주변에 있었을 뿐. 검풍에 직격으로 적중당한 연무장의 외벽은 이미 잔해만 남아 있었다.

'……그렇구나. 검풍의 진정한 위력은 여명의 검법이 고급 4레벨이 되면서부터 시작이야.'

그 이전에는 공격용으로 쓰기에는 다소 무리가 따르는 수준이었다. 하지만 지금은 완벽한 공격 스킬로 자리를 잡은 모습. 물론, 미약하게 지끈거리는 머리는 이것이 다루기 쉬운 스킬은 아니라고 외치는 듯했다.

'하지만 다뤄야지.'

자신의 손에 들어온 것은 스킬이든, 아이템이든, 사람이든. 모두 완벽하게 파악하고 최고의 효율을 뽑아내는, 그것이 카이가 지금까지 악착같이 살아남을 수 있는 방법이기도 했다.

"후우."

가볍게 검을 검집에 집어넣는 과정에서, 검집은 한 줌의 소리도 뱉어내지 않았다.

그 모습에서 카이의 경지를 약간이나마 알아챈 성혈단원들이 입을 벌리며 감탄을 할 때 카이가 웃는 낯으로 말했다.

"그럼 여기서 잠시만 대기."

성혈단원들을 이끌고 드워프족을 구출하는 것은 좋다. 하지만 문제는 그들이 어디 있는지 알지 못한다는 것.

'레이더를 데려와야겠어.'

다음 순간 카이의 모습은 바람과 함께 사라졌다.

카이가 허공에서 툭 튀어나오자 드워프족 아이들이 깜짝 놀란 표정으로 그를 쳐다봤다.

"엇……! 카밀라 누나가 데려온 모험가!"

"아까 순식간에 사라지더니 이번엔 순식간에 나타났어."

"마법사인가?"

"뭐? 30세 동정이라고?"

"……."

대체 어떤 놈일까, 드워프 아이들의 정서 교육을 맡은 것은. 카이는 제발 그놈의 얼굴을 볼 수 있기를 갈망하면서 아이들에게 물었다.

"애들아. 카밀라가 어디에 있는지 아니?"

"맨입으로요?"

카이는 주저하지 않고 사탕 한 줌을 그들에게 넘겼다.

"카밀라 누나는 저쪽 코너를 돌면 나오는 공터에서 비늘이랑 뼈 등을 늘어놓고 침 흘리고 있었어요."

"……고맙다."

아이들의 진술에 힘입어 공터로 다가간 카이는 아직도 정신을 차리지 못하는 카밀라에게 다가갔다.

"헤헤, 시네라스의 뼈…… 시네라스의 비늘…… 시네라스의 날카로운 손톱…… 어엇?"

눈앞에 있던 재료들이 갑자기 사라지자, 카밀라의 눈동자는 나라를 잃은 열사마냥 요동쳤다.

"자, 서비스 시간은 이제 종료야. 이 뒤로는 유료 서비스를 결제하셔야 합니다. 고객님."

"유, 유료 서비스? 얼마면 되는데?"

주섬주섬.

카밀라는 인벤토리를 통째로 넘겨줄 것 같은 비굴한 자세를 취하며 물었다.

"글쎄. 난 돈은 많아서 골드는 필요 없는데. 그나저나 시드니는 어디……."

"어떻게 결제해야 되는데, 응? 내가 뭘 할까? 말만 해."

"아니, 글쎄……. 난 원하는 게 없다니깐? 아! 드워프들을 되찾고 오면 다리나 좀 봐줄래? 그들에게 이 재료들을 맡길 생각이니까."

"응? 이걸 왜 드워프들한테 맡겨?"

그녀가 영문을 모르겠다는 표정을 지으며 반문하자, 오히려 카이가 고개를 갸웃거렸다.

"그걸 몰라서 물어? 드워프들은 제작계의 장인들. 당연히 사룡의 재료들을 최고의 아이템으로 만들어주겠지."

"아니, 그러니까 내 말은 왜 굳이 드워프들에게 맡기냐는 소리지. 나한테 맡겨."

당당한 언사에 할 말을 잃은 카이가 고개를 절레절레 흔들었다.

"물론 네가 히든 클래스라는 것도 알고, 실력이 제법 뛰어날 거라는 것도 알지만……."

설마 드워프에 비견될 정도일까.

하지만 그녀는 진중한 표정을 지으며 입을 열었다.

"난 이런 걸로 농담 안 해. 나한테 맡기면 세상에서 둘도 없는 최고의 장비를 만들어줄게."

"……드워프들이 있는데 내가 굳이 왜?"

"그야……."

허공으로 손가락을 올린 카밀라는 인터페이스를 두드렸다.

띠링!

[카밀라 님께서 당신에게 자신의 정보를 공유하려고 합니다. 이에 수락하시겠습니까?]

"……수락."

떨떠름한 표정으로 그녀의 정보를 받아, 읽어 내리던 카이의 표정은 삽시간에 심각해졌다.

[카밀라]

[직업 : 도전의 대장장이]

[레벨 : 304]

[칭호 : 마이스터(Meister)]

[생명력 : 45,100]

[마나 : 31,500]

[능력치]

힘 : 529 / 체력 : 451

지능 : 315 / 민첩 : 37

신성 : 10 / 손재주 : 621

<보유 스킬 목록>

고급 소재 가공 LV.4…….

"어때?"

척!

카이의 등 뒤에 위치한 벽을 강하게 친 카밀라는 박력 넘치는 목소리를 뱉어냈다.

"걱정 말고 누나한테 맡겨. 최고의 장비를 탄생시켜 줄 테니까."

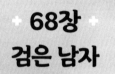

68장
검은 남자

카밀라의 스탯 창은 카이의 상상보다 훨씬 괜찮았다.

'역시 히든 클래스라 그런지, 나보다는 아니지만 스탯 자체가 일반 유저에 비해 높아.'

그녀 또한 제작 계열에 관해선 온갖 종류의 스페셜 칭호를 획득했을 터. 그 때문인지 스탯만 놓고 본다면 350레벨을 가볍게 웃돌 정도의 수준을 지니고 있었다.

'하지만……'

장인은 도구를 가리지 않는 말이 있지만, 높은 스탯이 있으면 장인의 능력은 더욱 상승된다. 물론 높은 스탯만 있다고 좋은 장비가 만들어지는 것은 절대 아니었다.

'장비 제작은 스탯보다는 경험과 스킬에 의해 좌우되지.'

그리고 카이는 카밀라의 스킬과, 그 밑으로 떠오른 보유 칭호 목록에서 경험을 엿볼 수 있었다.

<보유 스킬 목록>

도전의 미(美)-도전하는 대장장이가 제작한 장비에는 3개의 옵션이 추가적으로 붙습니다.

무한 도전-도전하는 대장장이가 장비 제작에 실패할 경우, 몇 번이고 재도전할 수 있습니다.

"이런 말도 안 되는……."

직업 전용 스킬로 보이는 저 두 가지만 봐도 느껴지는 도전하는 대장장이의 짙은 사기성!

'게다가 옵션이 1개도, 2개도 아니고 3개나 추가적으로 붙는다고?'

추가 능력치란 말 그대로 장비에 붙는 부가적인 옵션을 의미했다. 예를 들자면 어릿광대의 신발에는 민첩 스탯과 체력 스탯, 그리고 교란 스킬이 달려 있다. 하지만 도전의 대장장이는 여기에 3개의 옵션을 추가로 붙일 수 있다는 뜻.

'그 말은…… 장비의 완성도가 조금 떨어진다고 해도?'

드워프들이 만드는 장비보다 더 높은 성능을 낼 수도 있다는 소리다. 살짝 고민되는 카이의 마음이 기운 것은, 그녀가 공개한 칭호 몇 개를 확인한 순간이었다.

<보유 칭호 목록>

드워프와 어깨를 나란히 하는.

드워프의 인정을 받은.

드워프…….

'이런 칭호들을 얻었다는 건, 어중이떠중이 드워프들보다는 카밀라의 실력이 낫다는 뜻이겠지.'

물론 NPC인 드워프 중에서는 제작 스킬 레벨이 마스터가 되는 이도 있을 터.

하지만 카이는 단순하게 생각했다.

'나는 어차피 재료가 많아.'

사룡 시네라스는 몸집이 크다. 그 때문인지 죽으면서 뱉어 낸 재료의 양은 어마무시했다. 주재료가 되는 비늘은 350개, 뼈 같은 경우는 500개나 되었다. 한 번쯤은 카밀라에게 시험 삼아 맡기는 것도 나쁘지 않다는 소리.

'물론 밀당은 좀 해야겠지.'

자신이 부탁한다는 티는 내지 않아야 한다. 물론 그것이 사실이기도 하다. 현재 아이템이 빵빵한 자신은 굳이 새로운 장비를 만들 필요가 없었으니까.

"흐음. 나쁘지는 않네."

카이의 입에서 태연한 말이 흘러나오자, 카밀라가 눈을 깜빡거렸다.

"나…… 쁘지는 않다고? 이상하네. 혹시 내 정보가 정확히 가지 않았나?"

"아니, 정확히 잘 봤어. 네 스탯은 확실히 나쁘지 않아."

"……내 상태창을 보고 나쁘지 않다는 소리밖에 안 나온다고?"

살짝 충격을 받은 카밀라는 진위 여부를 파악하기 위해 카이의 눈동자를 쳐다보았다. 하지만 카이의 눈동자는 동정호보다도 맑았으며, 태산에 매인 구름처럼 여유로웠다.

'그야 내가 저걸 극찬을 할 이유는 없지.'

왜냐하면, 자신의 스탯이 훨씬 더 대단하니까.

실제로 카이는 그녀의 상태창을 보고 제법 괜찮다는 감정 정도밖에 느끼지 못했다.

"무엇보다 난 지금 당장 장비를 만들 필요가 없어."

"무슨…… 너 근접 클래스 유저잖아? 내가 그런 사제복 말고 근사한 갑옷 세트 만들어줄 테니……."

"레전더리 뽑을 수 있어?"

"무, 뭐라고?"

"레전더리 등급 뽑을 수 있냐고."

"갑자기 다짜고짜 그게 무…… 설마?"

말을 멈춘 카밀라는 카이의 사제복인 니케를 쳐다보더니 눈을 반짝였다.

"저, 정보 공개 한 번만……."

"절대 안 되지."

카이의 단호한 거절에 카밀라는 시무룩한 표정을 지으며 아랫입술을 깨물었다.

"하, 하지만 진짜 좋은 장비를 만들어줄 자신 있어. 물론 대장장이 마스터에게 가면 아이템 등급 자체는 훨씬 잘 나오겠지만…… 지금 내 실력으로도 그와 유사하거나, 운이 좋으면 더 좋은 장비를 만들어낼 수도 있다고."

"흐으음. 그렇게 이 녀석들을 두드리고 싶다, 이거지."

슬쩍 인벤토리에서 재료들을 꺼내며 운을 띄우는 카이.

카밀라는 고개를 맹렬히 끄덕이며 이에 맞장구를 쳤다.

"응, 응! 진짜 최고의 장비로 만들어줄게. 나한테 맡겨."

"뭐, 그렇게까지 소원이라면 맡겨주는 건 어렵지 않아. 하지만 넌 뭘 줄 건데?"

"……응? 주다니? 내가 장비 만들어주잖아."

"엄밀히 말하자면 내가 굳이 원하지 않는 장비지. 반면에 드래곤의 재료들은 세계에서 나만이 구할 수 있는 최상급 아이템이야. 이득도 없이 그걸 너한테 맡기는 건데 당연히 네가 나한테 뭘 줘야 하지 않겠어?"

"드, 듣고 보니 그런 것 같기도……."

제법 그럴듯한 논리에 설득된 카밀라가 울상을 지으며 제
가슴을 두드렸다.

"아우! 답답한 거 싫으니까 빨리 말해. 뭘 원하는데?"

"나중에 네 제작 스킬이 마스터에 올랐을 때. 누구보다 먼
저 나를 위한 장비를 만들어줘."

"……."

당장에라도 드래곤의 재료를 두드리고 싶어 하던 카밀라의
눈동자에 갈등의 빛이 서렸다. 카이는 그녀의 그런 모습을 보
면서도 전혀 개의치 않아 했다. 아니, 오히려 그녀가 그렇게 진
지한 모습을 보여주었기에 안심했다.

'진심으로 고민해 주고 있는 건가?'

미드 온라인이 세상에 공개된 지 1년.

이제껏 스킬을 마스터 레벨까지 올린 유저는 단 한 명도 없
었다. 때문에 그 가치는 어마어마하다. 게다가 카밀라의 제작
스킬이라면 히든 클래스를 제외하고서라도, 대장장이들 사이
에서는 독보적일 터.

'내 예상이 맞다면 마스터 레벨의 제작 스킬은 카밀라가 가
장 먼저 찍게 될 거야.'

만약 카이의 예상이 현실이 된다면, 그녀의 몸값은 말도 안
되게 상승한다.

'유저들이 마스터 레벨 대장장이를 어디서 구하겠어.'

이 세상의 시장에 절대적인 법칙이 있다면, 그건 바로 애덤 스미스 시장이 주장한 '보이지 않는 손' 이론이다. 물품의 수요와 공급에 따라 가격이 달라진다는 아주 간단한 이론.

'그렇다면 마스터 레벨의 대장장이가 만드는 장비라면?'

한 번 망치를 들 때마다 최소 억대다. 지금도 최상급의 유니크 등급 아이템은 억대로 거래되는 중이었으니까.

'나야 지금 카밀라에게 맡겨도 손해 볼 건 없어. 하지만 훗날을 생각한다면……'

막대한 이득. 지금 당장도 손해보다는 이익에 가깝고, 미래까지 생각한다면 엄청난 투자가 되는 거래!

"으으음……."

한참이나 고민을 하던 카밀라는 갈등 어린 표정으로 힘겹게 물었다.

"재료는 몇 개까지 지원해 줄 건데?"

"전신 세트 하나 만들 정도는 지원해 줄게."

"……콜."

물론 그녀로서도 큰 손해는 아닐 터.

'레드 드래곤의 재료를 이용해 장비를 제작하는 건 모험가 중에서 그녀가 최초야.'

무조건 스페셜 칭호를 하나 이상 얻을 수 있는 찬스다. 만약 그녀의 실력이 좋아서 결과물이 좋게 나온다면, 추가적으로 칭호를 얻을 수도 있겠지. 카이는 그녀에게 비늘과 뼈, 혈액 등을 적당히 나눠주며 말했다.

"혹시 우리 블리자드가 입고 있는 장비 알아?"

"……블리자드? 그게 누군데?"

"아, 내가 데리고 다니는 리자드맨."

"아아! 아오사 영상에서 잠깐 나왔던 녀석? 음. 기억하지. 아니, 기억을 한다기보다는…… 그거 예전에 네가 입던 거 아니야?"

"맞아. 칠흑의 원한 세트라고 하는 건데. 그것들은 재료가 뼈였거든. 그리고 아오사 전투 때 내가 입었던 세트의 이름은 바다의 폭군."

카이가 이 말을 꺼낸 이유는 간단했다. 그 세트들은 각각 뼈와 비늘을 이용하여 만든 장비.

"아항."

척하면 척!

카이의 말뜻을 알아들은 카밀라가 배시시 미소를 지었다.

"그런 식으로 떨어지는 유려한 디자인을 선호하는구나?"

"무식해 보이는 것보다는 나으니까."

"오케이. 알았어. 나도 드래곤의 재료들을 다뤄보는 건 처음이라 어떤 옵션이 붙을지는 몰라. 하지만 걱정하지 마. 나, 도전하는 대장장이야. 정신력이 버티는 한 몇 번이고, 몇십 번이고 장비를 처음부터 다시 만들 수 있어."

"그럼 부탁한다."

그녀와 가볍게 악수를 나눈 카이는 주변을 둘러보았다.

"그런데 시드니는?"

"저 앞에 건물 보이지? 그게 대지의 신 호른을 모시는 신전이야. 거기 있을걸."

"고맙다. 그럼 이만."

"어이, 카이!"

카이가 고개를 돌리자, 카밀라가 어른스러운 표정을 지으며 입을 열었다.

"그 나쁜 놈들. 꼭 처치하고 드워프들을 구해줘. 그들이 NPC라는 건 알지만…… 그래도 나랑은 몇 달이나 함께 생활한 이웃들이야. 네 장비는 정말 최선을 다할게. 그러니까…… 그러니까 그들을 꼭……."

"알아."

카밀라의 목소리에 담겨 있는 진심은 카이의 가슴으로 확실하게 전달되었다. 때문에 카이는 그녀가 부끄러운 말을 하도록 내버려 두지 않았다.

"너는 너의 전장에서 최선을 다해. 그렇다면 나는 나의 전장에서 최고의 결과를 가져올게."

카이는 주변이 환해지는 듯한 착각이 드는, 미소를 보이며 그녀의 머리를 토닥였다. 이에 카밀라는 뜨악한 표정을 짓더니 카이의 가슴팍을 밀쳤다.

"……어, 미, 미안. 아무튼 그럼 부탁 좀 할게! 어서 가!"

카밀라에게 등을 떠밀린 카이는 곧장 시드니가 있다는 신전으로 들어갔다. 복도를 거닐자 초가 피워져 있는 예배당으로부터 목소리가 흘러나왔다.

"항상 일족을 굽어살펴 주시는 저희의 신이시여. 부디 일족의 미래가 어둡지 않도록, 잡혀간 어른들이 힘든 일을 겪지 않고 무탈하기를 비나이다……."

그녀의 기도가 끝나기를 기다린 카이는 굵은 수염이 인상적인 호른의 신상을 쳐다보며 입을 열었다.

"시드니."

"……대마법사 아저씨, 가요."

"뭐?"

"절 데리러 오신 것 아닌가요. 일족의 위치를 알기 위해서."

그 녀석 참 용하다. 카이는 시원하게 고개를 끄덕이며 손을 내밀었다.

"조금 힘든 길이 될 수도 있어. 어린 소녀의 보폭을 맞춰주기에는 상황이 상황이니깐."

"그런 배려는 어른들이 모두 돌아온 뒤, 부모님에게 받겠어요."

당차게 말을 내뱉은 시드니는 곧장 고사리처럼 작은 손을 카이의 손바닥 위로 올려놨다.

"그럼. 어린 나이에 미안하지만, 부탁 좀……."

씨익 미소를 지은 카이는 그녀와 함께 신출귀몰을 이용해 성혈단에게 돌아갔다.

"그래서, 드워프들은 현재 어디에 있어?"

레이더, 시드니에게 묻자 그녀는 눈을 꼭 감으며 천천히 단어들을 뱉어내기 시작했다.

"……북동쪽의 바람이 강하게 부는 사막이 보여요, 멀리에는 똑같이 생긴 두 개의 봉우리도 보이고…… 아아! 너무나도 짙은 죽음의 향기가 느껴지는 불길한 장소예요."

"벌써 사막이라고? 설산을 통해 단숨에 하비에르 왕국 쪽으로 빠진 건가……."

카이가 지도를 펼치려는 찰나, 성혈단원 중 한 명이 손을 번쩍 들어 올리며 말했다.

"어? 단장님! 제가 하비에르 왕국 출신이라 그곳 지리를 조금 아는데, 소녀가 말한 장소를 알고 있습니다."

"그래? 어딘데?"

반가운 마음에 물었지만, 성혈단원은 끔찍하다는 표정으로 침을 꿀꺽 삼키며 말을 토해냈다.

"대륙 4대 마경 중 한 곳이라고 불리는 죽음의 대지…… 투하라 사막입니다."

"……."

장소의 이름을 듣는 순간, 카이를 비롯한 성혈단원 모두의 표정이 미묘하게 바뀌었다.

모험가(Adventurer). 미드 온라인의 주민들이 플레이어를 부르는 칭호다.

플레이어는 게임 속에서 자신이 원하는 그 무엇도 될 수 있다. 천둥 벼락을 일으키는 마법사가 될 수 있으며, 일검에 적들을 베어내는 멋진 검사가 될 수도 있다. 다친 자를 치료하는 성자도, 던전과 보물들을 찾아내는 트레져 헌터가 되는 것도 가능하다.

하지만 어떤 직업을 가지고 있다 한들, 기본적으로 그들의 신분은 이방인, 모험가다. 미드 온라인의 세계를 탐험하는 존재라는 뜻이다.

'하지만…….'

타칭 모험가라 불리는 플레이어들조차 가기를 꺼려하는 곳이 크게 네 군데 있다. 이른바 4대 마경이라 불리는, 강력한 몬스터들과 함께 자연과도 싸워야 하는 곳.

체스카 설산, 칠흑의 해역, 이타카 밀림, 투하라 사막. 카이가 여태까지 방문한 곳은, 얼마 전 극한의 추위와 싸우며 사룡을 처치했던 설산뿐.

'그래도 설산은 루나가 선물해 준 방한복과 내 높은 마법 저항력, 그리고 태양의 사제가 지닌 강력한 신체 덕분에 생각보다 할 만했지만……'

지금부터 가야 하는 투하라 사막은 위험도가 다르다.

카이는 언젠가 대륙 전역을 돌아다닌 트레져 헌터가 커뮤니티에 올린 글을 본 적이 있었다. 그때 그는 4대 마경에 대해 이렇게 평가했다.

"설산? 거긴 생각보다 갈 만하지. 내가 현실에서도 에베레스트 산맥을 가본 적이 있는데, 딱 그 정도야. 따뜻한 옷을 구한 다음에 살아 돌아오기를 기도하라고. 이타카 밀림부터는 조금 귀찮아지는데……. 안내해 줄 원주민을 섭외한 뒤 기도해. 뭐? 칠흑의 해역? 허, 정말 거길 가고 싶어서 묻는 거야? 그렇다면 최고의 배와 선장, 선원들을 구하고 용왕에게 기도나 해. 젠장, 난 그 빌어먹을 소금물에서 세 번이나 죽었다고. 그리고 마지막으로 투하라 사막으로 가는 것이라면…… 기도도 필요 없겠지. 어차피 죽을 테니까."

이후로 그의 말에 반박하고자 용기 있는 트레져 헌터들이 몇 번이고 4대 마경에 도전했다. 물론 그들 대부분은 마경의 난폭한 몬스터와 자연에 패배하여 죽음을 맞이했다.

'후우. 하필이면 투하라 사막인가.'

투하라 사막의 난이도는 다른 마경들보다도 한 단계 위쪽으로 평가된다. 지난번에 카이가 방문했던 지그문트 사막조차도 돌아다니면 주기적으로 디버프가 걸렸다.

'하지만 투하라는 궤를 달리하지. 햇빛이 나를 공격하면 어떤 기분일지 알고 싶다면 투하라 사막으로 가라고 했으니까.'

실제 마법 저항력이 낮은 저레벨 유저들이 멋모르고 투하라 사막에 잘못 발을 들였다가 햇빛에 녹아내린 사건이 있을 정도. 하지만 투하라 사막의 가장 무서운 점은 따로 있었다.

'마왕이 태동한 곳.'

과거 대륙의 전복을 꿈꾸던 마왕이 소환된 곳이 바로 투하라 사막이었다. 그 때문에 마족들의 기운이 사막 전체를 뒤덮고 있었으며, 이는 심각한 사태를 초래했다.

'마기에 오염된 몬스터들은 강력하고, 마기에 오래 노출되면 상태 이상에 걸려.'

특히 NPC의 경우에는 이성을 잃고 동료를 공격할 수도 있다. 때문에 카이는 복잡한 눈빛으로 시드니를 쳐다봤다.

'성혈단원들은 다들 한가락 하는 엘리트 NPC니까 그 정도 마기나 햇빛에 큰 영향을 받지는 않겠지만……'

이 어리디어린 소녀는 달랐다. 투하라 사막에 발을 들여놓는 즉시 각종 상태 이상이 그녀를 괴롭힐 터. 그녀 또한 드워프들이 투하라 사막에 위치하고 있는 건 몰랐는지, 당황한 표정으로 되물었다.

"저, 정말이에요? 제가 말한 곳이 정말 투하라 사막인가요?"

"끄응. 내가 알기로 북동쪽의 바람이 강하게 부는, 멀리에 쌍둥이 협곡이 보이는 특징이 있는 사막은 투하라밖에 없다."

스스로를 하비에르 출신이라고 소개한 성혈단원이 고개를 끄덕이자, 시드니가 울상을 지었다.

"그게 사실이라면 저는……"

"함께 갈 수 없겠지."

고개를 절레절레 흔든 카이는 빠르게 현실을 받아들였다.

'시드니를 데려가면 드워프들을 찾는 일은 수월해지겠지만……'

매우 높은 확률로 그녀는 목숨을 잃는다. 뮬딘교의 정예와 몬스터들을 상대하면서 그녀를 지키는 건 어려운 일이니까.

"하, 하지만 제가 없으면 드워프들의 위치는……"

"……우선 투하라 사막에 있다는 건 알았으니, 거기 가서 찾아야지. 별수 있나."

마경에서 누군가를 찾는 건 단순히 광장에서 NPC를 찾는 것과는 비교도 할 수 없다. 영악하고 강력한 몬스터들이 24시간 자신들을 노리며, 자연은 그들이 편히 쉬도록 내버려 두지 않는다.

'게다가 투하라는 기본적으로 사막이야.'

사막은 일교차가 매우 크다. 12시간 간격으로 전혀 다른 곳에 떨어진 듯한 기분이 느껴질 터.

카이는 성혈단원들을 돌아보며 입을 열었다.

"들었다시피…… 우리가 지금부터 가야 할 곳은 대륙 4대 마경 중 한 곳이라 불리는 투하라 사막인 것 같다. 목적이 그냥 나들이라면 좋겠지만, 아쉽게도 우리는 부활한 뮬딘교에게 사로잡힌 드워프족을 구출해야 해. 힘든 작전이 되겠지. 빠지고 싶은 사람이 있다면 손을 들어라. 불이익은 없을 거라고 약속할 테니까."

"……."

하지만 그 말이 끝나도 손을 드는 이는 한 사람도 없었다.

오히려 불만 가득한 표정으로 카이를 쳐다볼 뿐.

"단장님. 정말 저희가 마경에 발을 들이는 것이 두려워 손을 들 것이라 생각했습니까?"

"생각보다 훨씬 얕보였군요."

"실력을 보여주고 싶어도, 보여줄 기회와 무대가 없어서 10년이라는 시간을 변방의 신전에서 허비했습니다."

"가겠습니다."

카이는 굳은 결의를 보여주는 성혈단원들의 기세에 살짝 감동했다. 그도 그럴 것이 단 한 명의 이탈자도 없이, 마경으로 스스로 걸어가겠다고 선언했으니까.

'의외인건…… 프레이 길드인가?'

플레이어라면 마경을 끔찍하게 여길 수밖에 없다. 하지만 그들은 다른 성혈단원과 마찬가지로 손을 들지 않았다.

"죽으면 랭킹 떨어질 텐데, 괜찮겠어?"

"당신, 무서운 사람이잖아요. 무서운 사람을 옆에서 감시하면서 점수를 따야 하지 않겠어요?"

미네르바가 아리송한 미소를 지으며 대꾸하자 카이는 할 말이 없어 어깨만 으쓱거렸다.

"편한 대로. 하지만 유저라고 편의를 봐주진 않을 거야."

"바라지도 않아요."

"그럼 바로 출발하자고."

알버트 교황은 성혈단의 첫 출정을 매우 흐뭇한 표정으로 지켜보았다.

"이곳을 넘으면 투하라 사막입니다."

이 게임에는 텔레포트 게이트라는 아주 편리한 이동수단이 있다. 유저들이 꼽은, 현실에도 있었으면 하는 시스템 투표에서 압도적으로 1위를 차지한 문물!

라시온 왕국에서 하비에르 왕국으로 건너가는 텔레포트 심사는 제법 까다롭다. 하지만 태양교의 인장, 그것도 성혈단 단장이라는 직함은 프리패스나 다름없었다.

"그러니까, 여기까지는 투하라 사막이 아닌데, 저기서부터는 투하라 사막이라고?"

카이가 눈앞으로 흐릿하게 보이는, 검붉은색의 장막을 가리키며 묻자, 하비에르 왕국 출신의 성혈단원 자파가 자신 있게 대꾸했다.

"예. 조금 신기하죠? 모두 패트릭 님께서 쳐놓은 결계 때문이지요."

"칫, 결계인가."

"예? 죄송합니다. 소리가 작아서 못 들었습니다."

"아니, 아무것도 아니야. 그것보다 결계라니, 패트릭 님이 결계를 만들었다면 그게 벌써 수백 년도 전의 일일 텐데?"

"아, 그게 패트릭 님이 전설이라 불리시는 이유 아니겠습니까. 수백 년이 지나도 멀쩡한 결계. 정말 경악스럽지 않습니까? 흉폭한 마기를 돌아가신 패트릭 님이 수백 년이나 억제하고 있는 거예요."

"흐음."

원리는 모른다. 하지만 카이는 확실히 눈앞의 대지에서 제법 친근한 기운을 느낄 수 있었다.

'패트릭이 시미즈나 체란티아보다 더 강력한 건가?'

시미즈나 체란티아도 교단의 역사적인 인물로 추앙받기는 한다. 하지만 카이가 겪어본 바로는, 패트릭의 추종자들이 압도적으로 많았다.

'사념을 한 번 만나봤을 뿐이지만 그냥 고지식한 아저씨던데 말이야.'

고개를 절레절레 저은 카이는 자신의 몸에 버프를 두르며 뒤를 돌아봤다.

"투하라 사막으로 진입할 거야. 혹시 신성 계열 축복의 경지가 낮은 사람은 말해. 내가 대신 걸어줄 테니."

"……."

아무도 손을 드는 이가 없었다.

그 모습이 어찌나 든든해 보이는지!

"그럼 들어간다."

발목까지 푹푹 빠지는 모래사장을 밟으며 검붉은 장막을 통과한 순간, 카이는 불쾌한 기분을 느꼈다.

띠링!

[투하라 사막에 입장하셨습니다.]
[막대한 마기(魔氣)가 도사리고 있습니다. 모든 능력치가 5%

하향되며 정신 계열 디버프에 걸릴 확률이 대폭 증가합니다.]

[신성 스탯이 매우 높습니다. 마기로 인한 페널티를 완벽하게 차단하셨습니다.]

[투하라 사막의 강렬한 햇빛에 노출되었습니다. 스테미너 소모 속도가 평소보다 2배 빨라지며, 주기적으로 열사병, 화상 디버프에 걸릴 수 있습니다.]

[마법 저항력이 제법 높습니다. 스테미너 소모 속도가 1.3배 빨라지며, 열사병, 화상 디버프에 저항합니다.]

"흐음."

카이는 생각보다 괜찮다는 표정으로 고개를 끄덕였다.

왜냐하면, 마경에 입장한 것 치고는 나쁘지 않았으니까. 물론, 그렇게 멀쩡할 수 있는 건 카이를 비롯해 몇 명 정도밖에 되지 않았다.

"크으윽……! 이토록 강렬한 마기가……."

"수백 년이 지나도 사라지지 않을 정도의 힘이라니…… 마왕, 그는 대체……."

"생각보다 햇빛이 너무나도 뜨겁군. 주기적으로 스테미너 회복 주문을 외워야겠어."

대부분의 성혈단원들도 약간씩은 불편을 호소하였고, 그건 프레이 길드원들도 마찬가지였다.

'하지만 다들 태양교의 신도라서 그런지 생각보다 마기의 효과가 치명적이지는 않아.'

일행들이 생각보다 멀쩡하다는 것을 확인한 카이는 그제야 고개를 돌려 주변을 돌아보았다.

"……."

죽음의 대지, 투하라 사막. 그곳은 다른 사막들과는 비주얼에서부터 매우 큰 차이가 있었다.

'이건 순 사막이 아니라, 지옥의 불구덩이에 온 것 같네.'

조금 전까지 파랗던 하늘은 구름 한 점 없건만 어둑어둑해 보였고, 사막의 모래는 황갈색이 아닌 붉은색이었다.

'이곳이 투하라 사막.'

모래사장 곳곳에 널브러져 있는 알 수 없는 뼈다귀들은 이곳의 위험성을 다시 한번 알려주었다.

"자, 그럼 이제 어디로 가야…… 흐음. 괜한 걱정이었네."

덜덜덜덜.

카이는 조금씩 흔들리는 바닥의 진동을 느끼며 검을 빼 들었다.

"모두 전투 준비."

아무래도, 이 마경의 괴물들은 간만에 찾아온 먹잇감을 곱게 보내줄 생각이 없는 듯하다.

촤아아아아악!

붉은 모래 언덕에서 튀어나온 각종 몬스터들은 시뻘건 안광을 번뜩이며 성혈단을 노려보았다.

[마기에 오염된 사막여우 LV. 370]
[마기에 오염된 데저트 이글 LV. 382]
…….

일개 필드 몬스터라고 보기에는 굉장히 불만이 많아지는 놈들의 레벨. 하지만 동시에 카이가 장비한 성의와 성환이 찬란하게 빛나기 시작했다.

띠링!

[악마/언데드 계열의 몬스터와 조우했습니다.]
[악마/언데드 계열의 몬스터에게 주는 피해가 50% 증가합니다.]
[레벨이 높은 몬스터와 조우하여 용맹한 전사 효과가 적용됩니다.]

지금 이 순간, 카이는 악마 사냥꾼 그 자체였다.

"제법이군요."

투하라 사막에 위치한 쌍둥이 협곡. 그곳의 오른쪽 봉우리에 서 있던 남자가 조용한 목소리로 중얼거렸다. 마치 온몸을 칠흑으로 휘감은 것처럼 어두운 기운을 뿜어내는 사내. 그는 사막의 모래바람을 꿰뚫어, 몇 킬로미터나 떨어진 곳에서 전투 중인 성혈단을 보는 중이었다.

그야말로 말도 안 되는 안력.

"흠. 저 신성력을 보니 태양교의 떨거지들로 추정되는군."

말을 받은 것은 왼쪽 봉우리에 서 있던 사제였다. 그는 오른쪽 봉우리에 서 있는 검은 남자를 상대하기 꺼리는 기색을 보이고 있었다.

'대체 교에서는 왜 이런 통제 불능의 쓰레기를 도우라고 하는 것인지…….'

사제의 정체는 뮬딘교 소속의 일급 사제. 어려서부터 철저히 세뇌 교육을 받은 그였지만, 이번만큼은 교의 선택에 고개를 기울이지 않을 수가 없었다.

'뮬딘 님을 믿지도 않는 불한당. 거기다가 대체 무슨 생각을 하고 있는지도 모르겠어.'

하지만 교에서는 그를 전적으로 지원하라고 하였다. 젊은 나이에 일급 사제가 된 만큼 출세는 보장되어 있지만, 지금 당장은 까라면 깔 수밖에.

사제가 애써 짜증을 감추며 신음을 흘릴 때, 검은 남자가 재차 질문했다.

"그런데 저 성기사들의 실력이 하나같이 쓸 만하군요. 태양교에 저런 세력도 있었나요?"

"모른다."

"아니, 얼마 전까지만 해도 태양교 본단은 뮬딘교에서 손에 넣었다고 했잖아요?"

"끄응. 사소한 문제가 있었다. 조만간 다시 차지할 예정이니 거기에 관해선 신경을 끄도록."

"뭐, 그거야 그쪽 사정이니 뭐라고 하진 않겠지만, 무슨 일이 있어도 계획에 차질이 생겨서는 안 됩니다."

"그런 건 말하지 않아도 안다. 애초에 교단에서도 마왕의 부활은 제법 기대하는 눈치니까."

"……흐음."

검은 남자가 천천히 고개를 돌려 사제를 빤히 쳐다보았다. 그 시선을 알아차린 사제는 인상을 찌푸리며 되물었다.

"뭘 보나."

"아니요. 별건 아니고……."

검은 남자가 왼팔을 들어 가볍게 손사래를 쳤다.

그러자 사제가 서 있던 봉우리에서 검은색의 손이 툭 튀어나오더니 사제의 몸을 움켜잡았다. 이에 깜짝 놀란 사제가 몸을 버둥거리며 분노를 토해냈다.

"지, 지금 이게 뭐하는 짓이지! 뮬딘교와 마왕 추종자들은 상호 협정 관계에 놓여 있……."

"말씀하신 대로 저희는 동맹 관계일 뿐, 딱히 뮬딘교에 소속된 건 아닙니다만?"

"……내 말투가 기분이 나빴다면 사과하지."

사제가 애써 짜증을 감추는 표정으로 사과를 하자, 검은 남자가 씨익 웃었다.

"뭐 그렇게까지 말씀하시고, 처음이니까 가볍게 용서해 드릴게요. 다음부터는 조심하세요."

딱!

검은 남자가 손가락을 튕기자, 검은색 손이 쭈욱 늘어지며 사제의 몸을 그의 앞까지 대령했다.

"무, 무슨……."

"예? 처음이니까 손가락 하나만 받아 가려구요."

검은 남자의 태연한 대꾸에 사제가 침을 튀기며 발작했다.

"미친 소리 하지 마라! 만약 이 일이 교단의 윗분들 귀에 들어가면……."

"아, 그게 문제가 되나요? 이런, 그럼 어쩔 수 없네요."

표정에서 진한 아쉬움을 드러낸 검은 남자가 천천히 오른손을 흔들었다.

"잘 가세요."

"갑자기 그게 무슨…… 크아아아악!"

와그작! 와그작!

순식간에 이빨 모양으로 변한 손아귀는 뮬딘교의 사제를 흔적도 없이 먹어치웠다. 왼쪽 봉우리에는 떨어진 피 한 방울, 살점 하나 없이 깨끗했다. 사제를 먹어치운 검은 손도 입맛을 다시더니 천천히 모습을 감추었다.

"으음. 이제 조용하네요."

검은 남자는 뮬딘교의 사제를 죽였지만, 눈 하나 깜빡하지 않았다. 오히려 기분이 상쾌하다는 목소리로 혼잣말을 중얼거렸다.

"교단에 연락하세요. 새로운 녀석을 보내달라고. 아! 이번에는 조금 더 예의 바른 녀석이 오면 좋겠어요."

그의 혼잣말에 허공을 부유하던 독수리 한 마리가 날갯짓을 하며 사라졌다.

"자, 그럼……."

검은 남자의 시선이 다시 성혈단에게 돌아갔다.

한 시간, 두 시간…… 마침내 네 시간. 제법 긴 시간 동안 성혈단을 지켜보던 검은 남자는 고혹적인 미소를 지었다.

"음. 지닌 바 실력들을 알겠군요. 대충 그 정도인가요."

마치 모든 것을 파악했다는 듯한 표정을 지은 검은 남자는 양손을 천천히 들어 올렸다.

"그게 전부라면, 이번 공격은 버틸 수 없겠군요."

마치 오케스트라를 지휘하는 마에스트로처럼, 남자의 양손이 현란하게 움직였다.

딱! 딱!

사막의 모래바람이 내는 울음소리를 뚫고 들린, 두 번의 손가락 튕기는 소리. 동시에 쌍둥이 협곡 아래에서 거친 모래바람이 피어나기 시작했다.

우르르르르.

지휘자의 명령을 받고 튀어나오는 음표들처럼, 물경 500이 넘어가는 몬스터들의 무리는 성혈단을 향해 달려 나갔다.

"싹을 밟을 때는 싹의 크기와 그 싹의 뿌리를 정확히 알고 밟아야죠."

그래야 뒤탈이 없는 법이다. 검은 남자는 몬스터들의 승리를 믿어 의심치 않았다.

좌아아아아악!

카이의 날카로운 검이 마기에 오염된 사막 전갈을 머리부터 꼬리까지 깔끔하게 잘라냈다.

[마기에 오염된 사막 전갈을 처치했습니다.]

[경험치 307,413을 획득합니다.]

"후우우……."

카이는 땀에 젖은 머리카락을 쓸어 넘기며 한숨을 내쉬었다. 비록 전장의 사신 칭호 덕분에 지치지는 않았지만, 땀은 비 오듯 흘러내렸다. 물론 괴물 같은 체력을 지닌 것은 전장에서 카이 혼자만이었다.

"허억, 허억!"

"투하라 사막에는 원래 몬스터가 이렇게 많은 편인가?"

"끝도 없이 오는군……!"

"대체 몇 시간째인가!"

성혈단이 투하라 사막에 들어선 지는 벌써 네 시간. 그들은 지난 네 시간 동안 쉴 틈도 없이 검을 휘둘러야 했다. 기본적으로 실력이 뛰어난 이들이었기에 쓰러뜨린 몬스터만 100마리를 넘겼다. 덕분에 그들을 이끄는 카이의 레벨도 1개가 올랐을 정도.

'지금은 성혈단장 칭호 효과로 모두의 능력치가 높아졌기에 버틸 만하지만…….'

카이는 짜증 나는 표정으로 저 멀리서 다시 한번 피어나는 모래 구름을 쳐다보았다. 이미 몇 차례나 봐왔던 저 모래 구름은, 새로운 몬스터 무리가 달려오고 있음을 의미했다.

"또 오네."

"단장님. 이건 뭔가 이상합니다."

하비에르 출신의 성혈단원, 자파가 카이에게 다가오며 심각한 표정으로 말했다.

"투하라 사막은 확실히 위험한 곳입니다. 마경이라 불릴 정도로 지형도 험난하고, 기후도 이상하며, 마기에 오염되기도 쉬운 장소이지요."

"그래. 위험한 곳이라는 건 겪어보니 알겠어."

"하지만 몬스터가 이렇게 미친 듯이 몰려든다는 소리는 난생처음 듣습니다."

"……그게 무슨 뜻이지?"

카이가 고개를 돌리며 묻자, 자파가 침을 꿀꺽 삼키며 대꾸했다.

"애초에 이상하지 않으십니까? 몬스터들은 원래 본능에만 충실한 녀석들입니다. 배가 고프면 사냥감을 덮치고, 졸리면 잠을 자는 단순한 녀석들이지요. 심지어 투하라 사막의 몬스터들은 마기에 오염되어 다른 몬스터들보다 훨씬 더 본능을 좇게 됩니다."

"요점만 간단히."

"만약 저희의 재수가 없어서 이 근처에 몬스터들이 이렇게 많은 거였다면, 아예 한꺼번에 저희를 덮쳤어야 합니다."

자파의 말에 카이는 미간을 찌푸렸다.

'한꺼번에 덮쳤어야 한다?'

천천히 기억을 되짚기를 잠시, 그의 표정이 빠른 속도로 굳어가기 시작했다.

'……확실히. 만약 이 녀석들이 평범한 필드 몬스터라면 말이 안 되잖아.'

기본적으로 몬스터들은 서식지라는 개념을 지니고 있다. 때문에 그들은 자신의 서식지를 침범한 다른 몬스터 무리와는 싸움도 마다하지 않는다. 하지만 여태까지 성혈단을 공격한 몬스터들은 단 한 번도 저희들끼리 공격을 하지 않았다.

'지금까지는 그냥 우연히 다른 방향에서 왔다고 생각해서 신경을 쓰지 않았는데……'

자파의 말을 듣고 보니 매우 수상하다.

'투하라 사막에만 버그가 일어났다는 가정보다는……'

차라리 누군가가 몬스터들을 조종했다는 것에 무게가 더 실린다.

'실제로 우리가 뒤쫓고 있는 녀석들은 몬스터들을 군대처럼 다루기도 하는 녀석들이니까.'

카이는 황급히 자파를 쳐다보며 물었다.

"자파. 혹시 마기에 감염된 몬스터들을 조종할 수 있는 방법이라도 있나?"

"그건 잘…… 아! 그러고 보니……."

다가오는 모래 먼지를 바라보던 자파가 침을 꿀꺽 삼키며 말했다.

"단장님. 혹시 투하라 사막에 마기가 왜 넘치는지 알고 계십니까?"

"마왕이 부활한 곳."

"맞습니다. 이곳은 예로부터 나라의 군대나 실력 있는 용병들도 오기를 꺼려하는 험지였지요. 때문에, 마왕 추종자들은 그들의 눈길을 피해 이곳으로 들어와 마왕을 부활시켰습니다. 그로 인해 이 사막에는 1년 365일 마기가 흐르는 저주받은 땅이 되었지요. 그런데, 예전부터 기묘한 소문이 들리기는 했습니다."

"기묘한 소문?"

"마왕들은 대부분이 몬스터들을 조종하는 강력한 힘을 지니고 있었지요. 마왕 하나가 세상에 나오는 순간 대륙이 멸망의 공포에 떨어야 했던 이유이기도 합니다. 그런데, 마왕을 추종하는 무리 중 일부가 몬스터들을 다루는 힘을 깨우쳤다는 소문이 들리고는 했습니다. 증명된 바는 없지만요."

"일개 추종자들이 몬스터들을 다룬다고?"

"그렇게 딱 잘라서 무시할 만한 수준은 아닐 겁니다. 마왕을 추종하는 자들 중에는 악명 높은 흑마법사들이 많으니까요."

몬스터를 조종하는 마왕, 그런 마왕을 따르는 추종자들. 그리고 몬스터를 조종하는 의문의 세력.

'어떻게 연결이 되기는 하네.'

카이는 일개 가설일지도 모르는 자파의 말을 믿었다. 왜냐하면, 현재 일어난 일이기도 했고, 언제나 그렇듯 특유의 감이 그에게 경고했으니까.

'항상 최악의 상황을 가정해야 해. 만약 지금까지 상대한 몬스터들이 모두 누군가에게 조종당하고 있는 거였다면.'

상대는 왜 몬스터들을 나누어서 보낸 걸까?

'내가 상대였다면, 절대 이렇게 안 했어.'

지금까지 보냈던 몬스터들을 한꺼번에 보내는 것이 훨씬 위력적이었을 터. 하지만 상대는 몬스터들을 찔끔찔끔 나누어서 보냈다.

"무엇보다 단원들이 정신적으로 힘들어합니다. 저는 사막 출신이라 제법 버틸 만하지만…… 젠장. 무슨 훈련시키는 것도 아니고, 왜 이런 식으로 몬스터를 보내는지."

"그러게 말이다. 무슨 똥개 훈련…… 잠깐, 훈련이라고?"

눈빛을 반짝인 카이가 훈련이라는 단어를 연신 중얼거리며 생각했다.

'훈련, 훈련…… 그래. 만약 상대가 우리를 이렇게 계속 툭툭 건드린 것이, 역량을 파악하기 위한 것이었다면?'

카이는 본능적으로 자신의 생각이 정답임을 깨달았다. 한 번도 겹치지 않는 몬스터의 종류. 의미하는 바는 간단했다.

'우리의 약점이 무엇인지, 어떤 상황에서 가장 힘들어하는지를 알고 싶었던 거야.'

무섭고 치밀한 놈……!

카이는 상대방의 음흉한 속내에 식은땀을 흘리며 다가오는 모래 먼지를 쳐다보았다.

'만약 내가 놈이었다면…….'

성혈단의 역량 파악? 그것이 목적이었다면 지난 네 시간으로 차고 넘치는 샘플을 획득했을 터. 그렇다면 지금 이 순간 상대가 고를 선택지는 단 하나.

"자, 잠깐. 저게 무슨!"

"단장님! 몬스터들이…… 몬스터들이!"

"젠장, 끝이 보이질 않습니다!"

"……못해도 500마리는 되겠는데요?"

성혈단의 숨통을 끊어버릴 강렬한 공세였다.

"소라가 말한 게 저 녀석들인가."

마치 군대처럼 대열을 맞추어 행진하는 몬스터들. 카이는 다가오는 몬스터들을 보며 확실히 느낄 수 있었다.

'정말 군대 같잖아?'

침공 이벤트 때도 몬스터들은 마치 군대처럼 도시와 마을을 습격했다. 하지만, 정말 잘 훈련된 군대라고 하기에는 손색이 있었다.

'그냥 수십 종류의 몬스터들이 한데 섞여서 밀려 들어온 게 끝이지.'

하지만 현재 성혈단에게 다가오는 몬스터들은 달랐다. 비행형 몬스터와 지상 몬스터로 나뉘어 있는 것은 기본. 심지어 몬스터들은 각각의 공격 범위에 따라 순서 또한 기가 막히게 배치가 되어 있었다.

'마치 몬스터들을 병과 별로 나눈 듯한 솜씨…… 대체 누구지?'

혹시 카밀라가 말했던 검은 남자. 그 녀석의 솜씨일까?

카이는 불안해하는 성혈단을 쳐다보며 잠시 고민했다.

'지금 도망치려면 도망칠 수는 있어.'

성혈단은 투하라 사막에 입장한 뒤, 몬스터들의 공세에 밀려 한 발자국도 움직이지 못했다. 그 말은 바로 뒤에 검붉은색의 장막이 있다는 뜻. 뒤돌아서 달리기만 하면 10초 내로 투하라 사막을 벗어날 자신이 있었다.

'하지만 그렇게 되면 드워프들은 영영 찾지 못하겠지.'

설혹 나중에 온다고 하더라도 이 몬스터들은 언제고 한 번은 상대해야 한다. 게다가 그때까지 드워프들이 무사할 것이라고 생각하기도 힘들다.

'정말이지 개떡 같은 난이도구만.'

지끈거리는 이마를 부여잡은 카이는 폐부 깊숙한 곳으로 올라오는 한숨을 뱉어냈다. 이미 획득한 성의, 성환 같은 경우는 같은 성물이지만 입수 난이도가 훨씬 낮았다.

'……아니, 원래대로라면 그 둘도 어려웠겠지.'

만약 말도 안 되는 방법으로 태양의 사제 직업을 획득하지 않았다면? 혹시라도 인어, 엘프들과 만날 수 없었다면?

'바다에서 반지 하나를 찾아 돌아다니고, 뮬딘교의 군대와 다크엘프들의 벽을 뚫으며 성의를 찾아야 했겠지.'

하지만 인생은 타이밍!

카이는 누구보다 빠르게 두 일족을 방문하여 뮬딘교의 얕은 수를 화려하게 깨부쉈다. 덕분에 두 개의 성물을 거저라고 칭해도 좋을 정도로 손쉽게 얻을 수 있었다.

다만, 그 결과가 지금의 상황을 초래했다.

"……아주 제대로 작정했네."

아무래도 상대는 드워프 일족만큼은 절대 자신이 구하도록 두지 않겠다고 작정을 한 듯하다.

'드워프를 노렸다는 건 이 일을 벌인 게 뮬딘교는 맞는 것 같아. 다만 뮬딘교는 몬스터를 타락시킬 수는 있을지언정, 저렇게 방대한 수를 컨트롤 할 수 있는 능력은 없어.'

그렇다면 역시 자신의 예상대로, 뮬딘교는 마왕 추종자 세력이 손을 잡았을 확률이 높다. 번번이 실패를 한 뮬딘교에서는 나름대로 배팅을 크게 했다고 볼 수 있는 상황.

"검 한 자루 얻기 참 힘드네."

우두둑, 두둑.

목을 가볍게 푼 카이는 성혈단의 선두로 나아가 다가오는 몬스터들을 쳐다보았다.

"얼씨구. 아까는 정말 잔챙이들만 보냈나 본데?"

몬스터들의 면면을 바라본 카이가 피식 웃음을 터뜨렸다. 보통 동물형 몬스터들은 아무리 똑똑하다고 해도 인간형 몬스터보다는 지능이 떨어진다.

'포이즌 미라부터, 데저트 오우거, 사막의 망자까지…… 종합 세트잖아.'

하나같이 상대하기 까다로운 상급 몬스터들. 심지어 하늘을 날아다니는 건 짜증 나는 초음파 공격을 해대는 사막 박쥐!

"어쩔 수 없지."

카이는 성혈단원들을 돌아보며 물었다.

"혹시 다들 언데드에 대한 견해가 어떻게 되지?"

그 질문에 성혈단원들은 다가오는 몬스터들을 노려보며 확신에 찬 목소리로 대꾸했다.

"죽어서도 이승을 떠도는 불쌍한 영혼들!"

"그들의 품에 죽음을 안겨주어, 마땅히 갔어야 할 곳으로 보내주어야 합니다."

"모두 찢어 죽일 몬스터라는 것에는 변함이 없습니다."

"언데드는 악인들만이 쓰는 사이한 존재들. 보는 족족 베어버려야 합니다."

"……."

성혈단원들은 생각보다 더 큰 거부감을 드러냈다. 하지만 생각해 보면 그건 당연했다. 언데드는 신성력을 사용하는 교단의 성기사들에게는 퇴치해야 할 1순위 대상이었으니까.

'이러면 안 되는데…….'

듀라한의 군대. 그들이 있어야 이 전투의 승률을 어떻게든 끌어올릴 수 있다. 하지만 사전에 아무런 말도 없이 그들을 소환하면 큰 반항감을 얻기 십상. 상황이 심각해지면 성혈단원들이 듀라한까지 공격하는 사태가 일어날 수도 있었다.

'그럼 그걸 한 번 사용해 볼까?'

카이는 화술 스킬이 중급으로 올라가면서 획득한 부가 효과를 슬쩍 확인했다.

[궤변]

허무맹랑한 말로 듣는 이를 교란시킵니다. 단, 실패 확률이 매우 높습니다.

하지만 이런 스킬에라도 기대지 않는다면, 신앙심 깊은 저들의 마음을 돌리는 것은 매우 어렵다.

"크흐흠. 사실 언데드는 나쁜 존재들이 아니다. 그들은 죽어서도 이승을 못 가는 가엾은 존재들일 뿐. 그들을 살육의 도구로 사용하는 이들이 나쁜 것이지. 같은 칼이라도 기사가 드는 것과 좀도둑이 드는 것을 어찌 비교할 수 있을까."

띠링!

[중급 화술 스킬의 부가 효과, 궤변을 사용합니다.]
[성혈단원들이 약간의 혼란을 느끼지만, 언데드를 싫어하는 그들의 마음은 바뀌지 않습니다.]

"이열치열. 열을 열로 다스린다. 이독제독. 독은 독으로 다스린다."

카이는 말을 이으면서 천천히 앞으로 걸어나갔다. 어느새 그의 오른손에는 침묵하는 냉기의 롱소드가 들린 후였다.

"너희들이 그토록 존경하는 패트릭 님은 현실주의자였지. 이런 명언까지 남기셨으니까."

쫘악-!

두 손으로 손잡이를 꽉 쥔 카이는 다가오는 수백의 몬스터들을 향해 천천히 검을 휘둘렀다.

"승리한다면 모든 것을 지킬 수 있다. 그렇지만 패배로부터 지킬 수 있는 것은 아무것도 없다고."

콰아아악-!

카이의 검이 만들어낸 거대한 검풍은 곧장 몬스터들의 군대를 향해 날아가, 직격했다.

"캬아아아악!"

"그워어어어어어어!"

물론 입힌 피해는 그리 크지 않았다. 하지만, 그들의 전열이 약간이지만 틀어졌다.

'촘촘하게 맞물리는 톱니바퀴는 고장 날 이유가 없지.'

하지만 단 하나의 부품이라도 고장 나는 순간, 모든 톱니바퀴는 작동을 멈추게 된다. 카이는 자신을 쳐다보는 300여 명의 성혈단원을 향해 크게 소리쳤다.

"자, 선택해라! 패트릭 님의 의지를 계승해 여명의 검법을 터득한 나를 믿고 이 전장에서 승리할 것인지. 아니면 패배할 것인지!"

"패, 패트릭 님의 후예라고?"

"그렇다면 저 말도 안 되는 강함도 이해는 가는군……."

"앗! 그러고 보니 단장님 곁에 가면 항상 공기가 뜨거워졌어. 그건 패트릭 님이 즐겨 사용하신다는 고유 스킬, 신성 폭발의 흔적이겠군!"

띠링!

[궤변 스킬이 성공적으로 먹혀들었습니다.]
[성혈단원들은 여전히 언데드를 혐오하나, 그 이상으로 패트릭의 후예인 당신을 믿고 있습니다.]

카이의 귀에는 그 알림이 이렇게 들렸다.

'이제 나의 언데드들이 마음껏 날뛰어도 되는 시간이라고.'

왼손에 착용한 나이트 오브 나이트메어가 보라색 빛을 뿜어내기 시작했다.

군대와 군대의 격돌은 항상 처음이 중요하다. 일대일의 싸움에서조차 기세가 중요한 법. 하물며 옆의 동료가 실시간으로 죽어나가면 군대는 사기가 뚝 떨어지게 마련이다. 그 때문에 카이는 누구보다 앞장서서 적들의 선봉을 맞이했다.

"여명의 검법!"

서걱!

카이의 검이 태양빛을 반사시키자, 포이즌 미라의 팔 한 짝이 반짝이며 허공에 떠올랐다. 그것은 마치 마라톤의 시작을 알리는 총성처럼 모든 이들을 움직이게 만들었다. 물론 아군은 앞으로, 적군은 뒤로 물러났다는 것이 다르지만.

'시작은 좋아.'

만족스러운 스타트를 끊은 카이는 조심스럽게 군대의 후방으로 빠져나와 상황을 주시했다.

'상황은 괜찮아. 하지만 듀라한들의 레벨이 344라서…… 큰 도움은 못 되겠어.'

상대 몬스터들의 레벨이 400에 육박한다는 것을 생각하면, 듀라한들은 결국 총알받이 신세다. 하지만 카이는 곧 그들을 아주 효율적으로 사용할 수 있는 방법을 떠올렸다.

'듀라한의 공격력은 저들에게 통하지 않겠지만……'

죽으면서 터질 때의 폭발력만큼은 발군!

때문에 카이는 듀라한들의 군대를 자신의 곁으로 모은 뒤, 미믹을 소환해 냈다.

"미믹아. 킹 샌드웜을 흉내 낸 뒤에 여기 이 녀석들 한 명씩 입에 넣고, 저어기로 뱉는 거야. 알았지?"

"뀨."

킹 샌드웜의 모습을 흉내 낸 미믹은 잘 알아들었다는 듯, 이빨이 빼곡한 머리를 끄덕였다. 그리고 집어삼킨 듀라한을 하나씩 적진으로 뱉어내는 미믹!

'이건 투석기도 아니고… 뭐라고 불러야 하지? 퉤석기?'

적진으로 떨어진 듀라한들은 낮은 체력 때문에 2초가 지나지 않아 죽어나갔다.

물론, 죽을 때 광역 대미지를 주는 것은 기본!

"퉤에!"

콰아아앙!

"퉤에에!"

콰아아아아아아앙!

몬스터들이 아무리 조종을 받고 있다고는 하나, 실시간으로 뒤에서 전열이 흐트러지고, 동료들이 죽어나가는데 정신이 멀쩡할 리는 없었다.

'아무리 지능이 높아 봐야 몬스터는 몬스터. 아마 지금쯤 당황했겠지.'

그렇다고 상대방이 딱히 취할 수 있는 액션이 있는 것도 아니었다. 아니, 아예 없지는 않았다.

"역시 오는구나."

"키에에에에에엑!"

사막 박쥐들. 허공을 날아 성혈단원들을 그대로 지나친 녀석들은 그대로 미믹을 노리며 달려들었다.

"미믹이가 다치게 할 수는 없지. 내 펫은 내가 지킨다."

"뀨, 뀨우우……!"

감동했다는 목소리를 내뱉는 미믹을 뒤로한 카이는 검을 늘어뜨리며 중얼거렸다.

"태양의 분노."

띠링!

[햇빛이 유난히 강렬한 지역입니다. 태양의 분노의 공격력이 50% 증가합니다.]

"헐."

예상치 못한 지원과 함께, 허공에서 내리쬔 태양빛이 사막 박쥐들의 날개를 그대로 태웠다.

"끼엑?"

"끼에에에엑!"

툭, 투둑!

바닥으로 떨어지는 사막 박쥐들의 날개들!

카이는 재료들을 주섬주섬 주우면서 바닥을 기어 다니는 사막 박쥐들에게 다가갔다.

"끼에에에엑!"

사막 박쥐들은 바닥에 납작 엎드린 채로 초음파 공격을 쏘아냈다.

'까다로운 공격.'

초음파 공격은 대미지 자체도 제법 강한 편이다. 하지만, 가장 무서운 점은 바로 스킬의 범위가 보이지 않는다는 것. 그리고 반응할 수 없을 정도로 속도가 빨라서 회피할 수가 없다는 것이었다.

푸욱.

카이의 발목이 사막의 모래에 파묻히는 순간, 알 수 없는 무언가가 카이의 몸을 스치고 지나갔다.

'초음파다.'

그 생각을 떠올린 순간, 모든 사막 박쥐들이 일제히 고개를 돌리며 카이에게 초음파 공격을 쏘아냈다.

피빗!

수십 개의 초음파에 얻어맞은 카이는 코에서 피를 줄줄 흘리며 무릎을 꿇었다.

"키헬헬헬."

"끼에엥!"

사막 박쥐들은 겁도 없이 자신들에게 다가오다가 죽임을 당한 어리석은 모험가를 비웃었다. 시력이 퇴화된 박쥐들은 초음파의 공명을 통해 먹잇감의 위치를 알아낸다.

"하지만 그것이 가짜라는 것을 알아차리지는 못하겠지."

어릿광대의 신발. 유니크 등급의 신발에 달려 있는 특수 스킬, 교란!

피를 흘리며 무릎을 꿇고 있던 카이의 신형은 사막의 신기루처럼 덧없이 흩어졌다.

"끼에엥?"

무언가 잘못되었음을 본능적으로 깨달은 사막 박쥐들. 녀석들의 정중앙으로 이동한 카이는 무심한 눈으로 놈들을 둘러보더니 손가락을 튕겼다.

"태양의 분노."

녀석들이 하늘을 자유롭게 날아다니던 때도 피하지 못했던 공격이다. 하물며 날개가 찢어지고 땅바닥을 기어 다니는 지금, 놈들이 이 공격을 피할 확률은 한없이 0%에 가깝다.

"키에에에에엥!"

"끼라라락!"

사막 박쥐들의 비명 소리가 터졌지만, 카이는 태연하게 다음 스킬을 준비했다.

"추적하는 빛의 화살."

우우우웅.

곱게 퍼진 빛의 입자가 모이며 날카로운 화살을 만들어낸다. 그렇게 모인 수백 개의 화살은.

따악!

손가락을 튕기는 순간 사막 박쥐들의 몸통을 꿰뚫었다.

[경험치 374,116을 획득합니다.]

[경험치 352,871을 획득합니다.]

[경험치…….]

[레벨이 올랐습니다.]

[레벨이 올랐습니다.]

[스탯 포인트를 10개 획득합니다.]

…….

400레벨에 가까운 사막 박쥐 50여 마리를 단숨에 해치운 결과는 실로 달콤했다. 카이는 듀라한 폭탄이 성공적으로 먹혀드는 것을 보며, 입꼬리를 올렸다.

"상대를 알아보고 천천히 공략하는 건 아주 칭찬하지만. 나를 파악하기에 네 시간은 너무 짧지."

어디선가 이 상황을 보고 있을, 몬스터들의 배후를 향해 내뱉는 나지막한 경고였다.

"너, 사람 잘못 건드렸다."

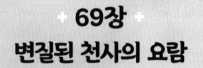

+ 69장 +
변질된 천사의 요람

"……호오?"

전투를 지켜보던 검은 남자가 흥미로운 듯한 목소리를 뱉어 냈다. 네 시간 동안의 관찰 끝에 저들의 실력은 모두 파악했다 고 생각했다. 하지만 아니었다.

'저자가 무리의 대장일까요?'

누구보다 앞서서 돌격을 감행한 사나이. 전장의 포문을 열 었고, 뒤이어 50마리의 사막 박쥐를 홀로 처치한 남자. 검은 남 자는 그를 집중적으로 눈여겨봤다.

'입고 있는 옷을 보면 성기사보다는 사제에 가까운데…… 당 신, 대체 누구신지?'

그는 예전부터 궁금한 것이 있으면 참지 못하는 성정의 소 유자. 쌍둥이 협곡을 벗어나려는 그를 한 줄기의 음성이 멈춰

세웠다.

-거기까지. 대업을 그르칠 생각인가?

"이 목소리는…… 아트록 추기경님 아니십니까?"

검은 남자가 묘한 표정을 지으며 주위를 둘러보았다. 하지만 주변에서는 말을 건 이의 모습은커녕 그 어떤 생물도 찾아볼 수가 없었다.

'과연. 썩어도 준치인가. 거리를 무시하고 목소리만을 전달할 줄이야.'

아무리 몰락했다고는 해도 뮬딘교는 한때 대륙을 공포에 떨게 만든 세력. 그곳의 추기경을 맡고 있는 아트록은 검은 남자조차 쉽게 대할 수 없는 인물이었다. 결국 한발 물러선 검은 남자는 생글생글 웃으며 말했다.

"이거, 오셨으면 존안이라도 한 번 뵙게 해주시지. 매번 목소리만 들으니 섭섭하네요."

-그대가 감정적으로 나서서 일을 그르칠까 봐 걱정이 되어 말을 건 것뿐. 항상 지켜보고 있다는 것을 명심하게.

"딱히 노출증이 있는 것도 않은데 부끄럽네요. 그럼 아까 전의 일도 다 보신 것 아닙니까?"

-일급 사제 한 명 정도야 상관없다. 강자의 심기를 건드렸으니 죽는 것은 당연할 뿐.

"내가 이래서 추기경님을 좋아한다니까."

히죽거리며 웃은 검은 남자의 몸에서 칠흑의 연기가 물감처럼 번지기 시작했다.

"아트록 추기경님께서 몸소 경고까지 해주시니, 간단히 인사만 하고 오겠습니다. 그 정도는 괜찮겠지요?"

──무리를 하지 않는 선에서라면야.

"저들을 요람으로 끌어들여야겠습니다."

-뭣…… 그곳에는 드워프들이 제단을 짓는 중이잖은가. 너무 위험한 방법이야.

"괜찮습니다. 어차피 저들의 수준으로는 죽었다 깨어나도 요람을 지키는 가디언을 이기지 못해요."

──확신하나?

"예. 마왕의 핏줄인 요람의 가디언은 일반적인 공격에는 상처도 입지 않습니다."

빙그르르.

검은 남자가 가볍게 손짓을 하자, 허공에서 고고한 백색의 검 한 자루가 나타났다.

"성검이라도 있지 않은 이상, 타격 자체가 불가능하죠. 하지만…… 성검은 저에게 있잖습니까."

──괜찮군. 자네의 판단에 따르겠네.

그 말을 끝으로 아트록 추기경의 기운이 사라졌다. 잠시 후, 검은 남자도 물감처럼 지워지며 자취를 감추었다.

"좋아. 조금만 더!"

"승리가 코앞이다!"

성혈단원들은 곧 다가올 대승에 잔뜩 흥분한 상태였다.

그들을 덮친 몬스터들의 군단은 강력하기 그지없었지만, 결과적으로 그들이 더 강했다.

'아니, 정확히 말하자면…….'

'단장. 그가 더 강했어.'

스-각!

몬스터들의 붉고 푸른 피를 뒤집어쓴 카이는 지치지도 않는지 전장에 난입해 몬스터들을 닥치는 대로 베어 넘기는 중이었다.

말 그대로 사신이나 다름없는 전장의 야차!

"후욱, 후욱."

전투가 거듭되면 거듭될수록 정신력의 소모는 커졌지만, 모순적으로 그의 칼끝은 더욱 예리해졌다.

지이이잉.

마치 모든 신경이 이마 앞쪽에 몰린 것 같은 묘한 기분.

카이는 눈앞의 풍경을 담는 즉시, 적들의 공격 궤도를 파악하고 몸을 움직였다. 하체가 먼저 움직이고, 상체가 그를 따라가며 적들을 베어 넘겼다.

서걱!

말 그대로 일당백이라는 말이 아깝지 않은 신위!

그 모습은 성혈단원들에게 압도적인 믿음과 신뢰를 주기에는 충분했다.

"단장님께서 우리와 함께하신다!"

"교단의 전설, 광휘의 성기사를 따르라!"

"그와 함께하는 전장에서 패배란 없다!"

띠링!

[압도적인 무력을 선보여 아군의 사기가 대폭 상승합니다.]
[아군의 능력치가 체력과 정신력이 5% 상승합니다.]
[위엄 수치가 10 상승합니다.]

콰드드득!

데저트 오우거의 목뼈를 부러뜨린 카이는 제법 거칠어진 호흡을 가다듬으며 주변을 둘러보았다.

'이 정도면 되겠지.'

전장의 사신 효과로 지치지 않는 그조차 피로함이 느껴졌다. 한 마디로 정신적으로 지쳤다는 뜻. 하지만 다소 무리를 한 덕분에 몬스터들은 불과 몇십밖에 남지 않은 상태였다.

카이는 적당히 마무리 된 상황을 쳐다보며 안도의 한숨을 내쉬었다.

"후우. 성혈단 세력창."

세력 : 성혈단

등급 : S-

인원 : 300명.

<단원 상태>

카라칼 LV. 410, 상태 : 양호.

데크 LV. 402, 상태 : 양호.

테페른 LV. 394, 상태 : 위급.

…….

세력창으로 성혈단원들의 현재 상태를 체크할 수 있었다. 좀 더 자세한 정보를 보고 싶은 단원을 터치하면, 간단한 상태창이 추가적으로 표시되었다. 카이는 세력창을 통해 도움이 필요해 보이는 이들을 찾아 집중적으로 지원해 주었다.

'몬스터들을 많이 잡는 것도 중요하지만, 성혈단원들을 잃지 않는 것이 몇 배는 더 소중해.'

이제 온전히 자신의 단체라고 할 수 있는 성혈단은 등급부터가 S다. 구성원 한 명, 한 명이 웬만한 필드 보스 몬스터보다 강력하다는 뜻.

'게다가 본격적으로 공성전을 시작하려면, 즉시 전력이 될 수 있는 것도 성혈단이겠지.'

물론 이 숭고한 엘리트들을 공성전에 동원하려면 '명분'이 있어야 한다. 하지만 카이는 딱히 그런 문제로 고민을 하지는 않았다.

'거대 길드 녀석들. 세금을 미친 듯이 올리고 있으니까.'

침공 이벤트가 끝난 후, 미드 온라인은 대영지전의 시대가 되었다. 현재 유저들의 손에 떨어진 땅은 대륙을 통틀어서 모두 299개. 하지만 그곳에서 정상적인 세금을 걷고 있는 곳은 10%도 채 되지 않았다.

'덕분에 NPC들의 고충이 말이 아니지.'

몇 배나 올라 버린 세금에 고통받는 것은 결국 도시의 구성원인 NPC들. 카이는 그 부분을 주장하며 공성전을 펼칠 요량이었다. 대부분의 상황에서 조용히 움직이던 그가 이렇게 공성전에 집착하는 이유는 간단했다.

'라시온 왕국의 동부 지역은 내가 먹어야 해.'

모든 것은 자신의 도시인 리버티아 때문이었다.

'리버티아는 조만간 황금알, 아니, 다이아몬드를 낳는 거위

가 될 거야.'

지금만 해도 엘프와 인어들이 만들어내는 특산품과 아름
다운 도시 조감으로 반드시 가봐야 할 도시의 후보로 거론되
는 중이다.

'그런데 만약 이번에 드워프들을 무사히 구출해서 그곳으로
데려갈 수 있다면?'

본래 1+1은 2지만, 그것이 3 혹은 4의 효과를 내는 경우가
있다. 이번이 바로 그런 경우다.

'드워프들은 리버티아에 소속된 광산에서 끊임없이 광물을
캘 테고, 아직 부족한 도시를 더욱 아름답게 꾸미겠지.'

그 생각은 드워프들의 대피처를 가본 뒤 확고해졌다. 그들
의 예술적인 손재주가 가미되면 리버티아는 3~4배 더 성장할
것이다. 하지만 카이가 노리는 것은 그것뿐만이 아니었다.

'전 세계의 생산직 유저들이 리버티아를 방문할 거야.'

생산직 유저들에게 있어서 드워프는 하늘 위의 하늘이다.
특히 건축가와 대장장이들에게는 더더욱 그렇다. 그들은 아주
사소한 가르침이라도 받기 위해 도시를 방문할 터.

'마을에서 마냥 놀 수는 없을 테니 도시에서는 매일같이 양
질의 장비들이 탄생하겠지.'

카이는 이미 카리우스와 엘라인 여왕에게 말해서 공방을
지을 면적을 확보해 둔 상태!

현실의 원룸 오피스텔을 마케팅한 건축물은 그들에게 비싼 값에 임대할 계획이었다.

'못해도 월에 몇 억의 수익은 나올 거야.'

리버티아의 크기가 대도시처럼 크지는 않다는 걸 생각하면 굉장한 이득이었다. 누구나 노릴 수밖에 없는 노른자 같은 땅!

그런 만큼 카이는 리버티아를 지킬 방법을 강구해야 했다. 그런 고심 끝에 나온 것이 바로 라시온의 동부를 차지하는 것이었다.

'현재 귀족의 작위를 얻는 방법은 두 가지.'

하나는 소유한 도시를 인구 10만 이상의 대도시로 만드는 것이었다. 하지만 카이는 이 방법을 깨끗하게 포기했다.

'리버티아는 철저히 아인종들을 위한 도시가 될 거야. NPC 들을 받는다고 해도, 철저하게 가려서 받아야 해. 도시 인구 10만 명을 채우는 건 현실적으로 무리겠지.'

게다가 10만 명의 영지민을 수용하려면 도시 자체가 크게 발전해야 한다. 막대한 돈이 필요하며, 인력이 필요하다. 결국 첫 번째 방법은 10대 길드와 같은 거대 길드를 위한 길.

'나는 내가 챙길 수 있는 것만 챙긴다.'

카이는 눈길을 다른 곳으로 돌렸다.

'세 개 이상의 영지를 소유. 굳이 말하자면 질보다는 양!'

카이는 두 개의 영지를 새롭게 차지하여 귀족의 작위를 얻을 생각이었다.

'귀족 칭호를 따면 일반 유저들은 리버티아에 공성전 신청조차 못 하게 돼.'

리버티아를 지키기에는 제법 훌륭한 임시방편이 될 터.

생각을 정리한 카이는 지도를 펼치며 미소를 지었다.

'이번 일이 끝나면 곧장 공성전이다.'

행동할 때 최소 두 수 앞을 내다보고 움직이는 카이!

기분 좋은 표정을 짓고 있는 그의 눈앞으로 알림창이 떠올랐다.

[마기에 오염된 군단을 모두 처치했습니다.]

[축하합니다! 아군이 한 명도 사망하지 않았습니다.]

[대승을 거두어 추가 경험치를 얻습니다.]

[경험치 4,817,546을 획득합니다.]

[레벨이 올랐습니다.]

[레벨이 ······.]

[스탯 포인트를 25개 획득합니다.]

심지어 세력창에서도 성혈단원들의 이름이 반짝이기 시작했다.

"오오오······! 헬릭 님의 힘이 나에게 깃드는 기분이군!"

"흐음. 아까는 데저트 오우거에게 고전했지만, 왠지 지금은 무난하게 이길 수 있을 것 같아."

"새로운 깨달음을 얻었소!"

레벨 업. 플레이어가 몬스터를 잡고 경험치가 올라 레벨이 오르듯, NPC도 마찬가지였다.

'성혈단원들은 기본적으로 레벨이 높아서 제일 많이 오른 애가 2레벨 올랐구나.'

프레이 길드원들도 큰 이득을 보았으나, 대장인 카이보다는 획득한 경험치가 훨씬 적었다.

"자파. 모두가 지친 표정이야. 쉴 곳을 찾아야겠어."

"몇 킬로미터만 걸어가면 쌍둥이 협곡이 나오는데, 그곳에 오아시스가 있으니 휴식하기 좋을 겁니다."

"좋아. 그곳으로 안내…… 음?"

말을 잇던 카이는 머리카락이 곤두서는 불쾌한 감각에 몸서리를 치며 뒤를 돌아봤다.

"호오, 설마 했는데, 진짜로 이겨 버리셨군요."

붉은색 모래 위에 사뿐하게 내려선 흑의인은 주변을 돌아보며 박수를 쳤다.

"정말이지 대단하다는 말밖에는 안 나오네요. 진짜 이길 수 있을 줄은 몰랐는데 말이죠…… 분명 전력상으로는 이쪽이 우위였는데, 흐음. 이건 좀 더 분석이 필요할지도."

"웬 놈이냐!"

라테르의 신성, 테페른이 검을 빼 들며 그를 위협했다. 전신에서 사악한 기운을 뿜어내는 그가 선인일 리는 없다고 본능적으로 판단한 것이다.

"하하, 싸우러 온 건 아닙니다. 인사만 하려고 온 거예요."

"테페른, 떨어져."

카이가 경고했다.

산책이라도 나온 듯 덜렁대는 상대방은 분명 우스워 보였지만, 알 수 없는 위기감이 그를 덮쳤다.

'이 느낌은……'

언제, 어디선가 한 번 겪어본 적이 있다.

카이가 왜인지 모르게 익숙한 기분에 혼란스러워할 때, 테페른이 호기롭게 달려들며 외쳤다.

"걱정 마십시오! 적당히 무릎을 꿇려서 고분고분하게 만들겠습니다!"

"……거참. 싸우러 온 게 아니라니까 그러시네."

검은 남자의 목소리가 살짝 차가워지는 것과 동시에, 아무것도 없던 허공에서 검은색의 손이 튀어나와 테페른의 복부를 강타했다.

"커헉!"

모래를 구르며 몇 바퀴나 구른 테페른은 기침을 하며 흙을 뱉어냈다.

하지만 검은색의 손은 만족하지 못하는 듯, 테폐른을 노리며 재차 날아들었다.

"신성 폭발."

사막의 열기가 한층 더 뜨거워진 순간, 카이의 신형이 바람을 가르며 튀어나갔다.

까아아앙!

카이의 검과 부딪친 어둠의 손이 주춤거리며 물러났다.

동시에 카이의 눈동자가 빠르게 굴러갔다.

'공격을 주고받았어. 이제 녀석과 적대 상태가 되었다.'

이제 상대방의 이름과 레벨을 확인할 수 있다는 뜻. 하지만 녀석의 머리 위에 떠오른 정보를 확인한 순간, 카이의 안색은 딱딱해졌다.

[지르칸 LV. 742]

'네가 왜 여기서 나와……?'

……지르칸. 마왕의 부활을 꿈꾸는 네임드 NPC이자, 태양교의 이단 심판관들도 가볍게 씹어 먹는…….

'뭔가 묘하게 데자뷔가 느껴지는 문장인데?'

고개를 흔들어 정신을 차린 카이는 그의 레벨을 주목했다.

그러고는 울컥하고 올라오려는 욕지거리를 겨우 참아냈다.

'레벨이 742라고? 그래 뭐, 백번 양보해서 그렇다고 쳐.'

중요한 건 왜 저딴 게, 지금 자신의 앞에 나타난단 말인가? 카이는 지극히 상식적인 판단을 내렸다.

'지금 이 녀석이랑은 절대, 절대로 싸우면 안 돼.'

우선 레벨 차이만 400은 난다. 아무리 카이가 선행의 효과로 각종 스탯이 뻥튀기가 된 상태고, 수많은 스페셜 칭호들은 물론, 성물도 두 개나 들고 있으니 비등하게 싸울 수 있을지는 모른다.

'하지만 그 정도로는 안 돼.'

녀석의 숨통을 확실히 끊을 수 있다는 확신, 현재의 카이에게는 그것이 없었다. 만약 자신이 지르칸과 싸워서 이길 수 있다면 그것은 분명 베스트 시나리오.

하지만 만에 하나라도 패배한다면?

'아니, 패배까지 갈 것도 없어. 녀석이 나랑 비등하게만 싸워도……'

스윽.

카이가 무심코 뒤를 돌아보았다.

300여 명의 성혈단, 자신은 그들을 지키면서 싸워야 할 터.

안 그래도 불리한 상황에서 발목에 무거운 모래주머니를 달고 싸우는 것과 다를 것이 없다.

'주사위를 굴리기에는 리스크가 너무 크다.'

성혈단원들이 죽게 되면 교단과의 호감도도 떨어질 것이고, 명성도 대폭 하락할 것이다. 사망 시, 잃게 되는 경험치나 접속 불가 페널티는 그것과 비교하면 애교 수준.

카이가 침만 꿀꺽 삼키고 있자, 지르칸이 쓰고 있는 흑색 복면을 긁적이며 입을 열었다.

"흐음? 의외군요. 금방이라도 검을 휘두를 줄 알았는데…… 싸울 의지가 없어 보이는군요? 흥이 식었습니다. 애초에 저도 싸우려고 온 것은 아니었으니 이쯤 할까요."

지르칸은 조금 전까지의 기세가 믿기지 않을 정도로 허무하게 어둠의 손을 흩어버렸다. 동시에 손가락을 튕긴 그는 하나의 포탈을 생성해 냈다.

"자, 그럼 여러분. 모두 이곳으로 들어가 주시겠습니까?"

성혈단원들이 바로 반발했다.

"웃기는군."

"그 포탈이 어디로 이어질 줄 알고?"

"이곳에서 죽는 한이 있더라도, 이토록 사이한 기운을 뿜어대는 네놈의 말을 듣지는 않겠다!"

굳센 신념을 드러내는 성혈단원들!

"잠깐."

손을 들어 그들을 진정시킨 카이가 지르칸에게 물었다.

"한 가지 질문이 있어."

"질문? 이런 상황에서 말입니까? 흐음. 해보시죠."

"네 녀석의 실력이라면 다른 걸 생각할 필요도 없이 우릴 들이받으면 돼. 그런데 왜 이런 귀찮은 짓을 하는 거지?"

"하하. 여러분의 목적은 어차피 드워프 일족의 구출이 아닙니까?"

지르칸이 고귀한 신사처럼 허리를 숙이며 한쪽 손으로 포탈을 가리켰다.

"드워프들이 있는 곳으로 향하는 포탈입니다. 물론 여러분께서 자발적으로 들어가시지 않겠다면…… 무력을 동원하는 수밖에는 없습니다."

"감옥인가?"

"글쎄요. 감옥이라고 칭하기에는 안이 너무나 자유롭고 쾌적한 공간인지라."

"……."

녀석의 꿍꿍이를 알 수 없는 카이가 고민을 하고 있을 때, 미네르바로부터 메시지가 왔다.

-미네르바 : 저 NPC, 레벨이 물음표예요. 혹시 카이 님에게는 보이

나요?

　-카이 : ……예. 742입니다.

　-미네르바 : 맙소사. 혹시나 해서 묻는 거지만, 지금 저 괴물이랑 싸우려는 건 아니죠?

　-카이 : 고민 중입니다.

　그 말을 끝으로 잠시 연락이 없던 미네르바가 깜짝 놀라 반문했다.

　-미네르바 : 어머, 미쳤…… 아, 아니, 정신은 괜찮으세요? 레벨이 742면 당신보다 두 배는 높아요. 1레벨 유저 1,000명이 모여도 200레벨 유저…… 아니, 100레벨 유저 한 명을 못 당해요. 여긴 그런 세계라는 걸 알잖아요?

　물론 그건 그녀가 카이의 스탯 창을 보지 못해서 하는 소리였다.

　-미네르바 : 후우, 그럼 이러면 어떨까요. 저희 길드에서 먼저 포탈 안으로 들어가 볼게요.

　-카이 : 프레이 길드에서요?

　-미네르바 : 예. 먼저 들어가서, 안쪽에 뭐가 있는지 확인하고 바로

연락을 드릴게요.

　-카이 : …….

　나쁘지 않은 생각이었다. 한 번 떨어지면 연락이 안 되는 NPC들과는 다르게 유저와는 계속 연락을 할 수 있으니까. 물론 잘못되면 프레이 길드원들의 목숨은 보장할 수 없다.

　'프레이 길드에게는 미안한 일이지만…….'

　현재 카이가 택할 수 있는 방법 중 가장 현실적이면서 좋은 방법이다. 카이는 이런 제안을 먼저 해준 그녀에게 고마움을 느끼며 승낙했다.

　"흐음. 고민이 길어지시는데…… 정확히 3초 더 드리겠습니다."

　"필요 없어. 들어가겠다."

　"단장님!"

　성혈단원들 몇몇이 화들짝 놀라 반문하자, 카이는 진지한 표정으로 말했다.

　"지금은 그저 날 믿어줘. 미네르바!"

　카이가 눈짓을 보내자, 미네르바를 필두로 프레이 길드에 소속된 유저들이 자진해서 포탈 안으로 걸어 들어갔다.

　"어라, 정말 들어가시는군요. 말을 잘 들으셔서 기분이 정말 좋군요."

　지르칸이 뱉어내는 개소리를 무시한 카이는 곧장 메시지창을 확인했다.

-카이 : 어떻습니까? 함정? 아니면 감옥입니까?

-미네르바 : 어…… 어어…… 잠시만요. 여기…… 그냥 던전인데요?

'……뭐? 던전?'

카이의 눈썹이 꿈틀거렸다. 전혀 예상치 못한 답변이었다. 이런 상황에서 던전이라니?

슬쩍 지르칸을 쳐다보는 카이의 눈빛에는 혼란이 가득 담겨 있었다.

-미네르바 : 던전의 이름은 변질된 천사의 요람. 그리고…… 저희가 있는 장소에 철창이 있는데, 그 안에 드워프들이 갇혀 있어요. 갑자기 등장한 저희를 경계하네요. 그밖에는 딱히 길이 안 보이고…… 저희가 위치한 커다란 공간이 전부인 것 같아요.

'변질된 천사의 요람이라……'

사막의 건조함 때문인지, 지금 이 상황 때문인지. 카이는 자신의 입술이 바짝바짝 마르는 것을 느꼈다.

'우선 우리를 던전 하나에 몰아넣을 생각이야. 그곳에는 드워프들도 있겠지.'

지르칸은 지금 당장 자신들을 죽일 생각이 없다고, 카이는 생각했다.

'드워프들을 죽일 작정이었다면 굳이 설산에서 이곳까지 고생하면서 끌고 오지는 않았을 거야.'

마왕 추종자들이건, 뮬딘교이건. 드워프족의 손재주를 깔끔하게 포기하는 게 아깝기는 매한가지일 터.

'게다가 던전이라면……'

미네르바는 길이 보이지 않는다고 했지만, 이건 게임이다.

'길이 없는 던전 따위는 있을 리 없어.'

아마 길이 숨겨져 있거나, 특정한 조건을 발동시켜야지만 길이 드러나는 구조일 터.

'지르칸이 우릴 그곳으로 밀어 넣으려는 의도는 아직 모르겠어. 하지만 녀석과 전면전을 펼치는 것보다는 던전으로 들어가는 것이 훨씬 안전해.'

결정을 내린 카이는 명령을 내렸다.

"다들 포탈로."

"……."

이번에는 성혈단원들의 반발이 없었다. 심지어 카이를 지나쳐 포탈로 들어가는 그들의 움직임에는 일말의 망설임조차 없었다.

'녀석들.'

성혈단원들과 만난 지는 아직 하루도 안 되었다. 짧다고 평가할 수밖에 없는 시간. 하지만 그들은 함께 생사의 고비를 넘긴 자신들의 단장을 철석같이 믿고 있는 것이었다.

'그 믿음에는 꼭 보답해 줄게.'

300여 명의 성혈단원들이 모두 포탈로 들어가자, 지르칸이 고개를 까딱였다.

"자, 이제 방해꾼들도 사라졌는데…… 혹시 저와의 일대일 대결을 원하신 겁니까?"

"별로. 나도 들어갈 거야."

카이는 지르칸을 대놓고 무시하며 포탈로 쏘옥 들어가 버렸다. 붉은 모래의 사막 위에 덩그러니 홀로 남겨진 지르칸은 어깨를 으쓱거렸다.

"뭐, 상관없겠죠."

[던전-변질된 천사의 요람에 입장하셨습니다.]

[당신의 파티원이 최초 발견자 버프를 획득합니다.]

[게임 시간으로 9일 동안 경험치 획득률과 아이템 드랍률이 30% 증가합니다.]

미네르바의 말처럼 그곳은 거대한 공간이었다. 마치 학교 운동장처럼 직사각형의 거대한 공간. 바닥과 벽은 푸르스름한 타일로 덮여 있었고, 공간의 모서리마다 푸른 화염을 달고 있는 거대한 횃불이 있어 내부가 어둡지는 않았다.

"여긴 어디지?"

"던전인가……."

"그 검은 녀석, 대체 무슨 꿍꿍이지? 우리를 던전으로 집어 넣다니."

"단장님이 들어가라고 하셔서 들어오기는 했는데…… 돌아가는 상황을 모르겠군."

성혈단원들이 주변을 경계하는 사이, 미네르바가 저 멀리서 손을 들어 카이를 불렀다.

"카이님! 여기예요!"

곧장 그녀에게 다가간 카이는 거대한 철창을 마주했다.

'감옥.'

카이를 비롯한 성혈단이 위치한 곳은 감옥의 바깥이었다. 슬쩍 쳐다본 감옥의 안쪽에는 수백의 드워프들이 갇혀 있었다. 그들은 카이를 비롯한 성혈단을 경계하는지, 철창에서 멀리 떨어져 벽에 꼭 붙어 있었다.

'흐음. 어디보자……'

철창 내부를 스윽 둘러본 카이는 묘한 것을 발견했다.

'주변 드워프들이 철통같이 지키는 드워프가 하나 있어.'

그 모습에서 드워프의 신분을 짐작한 카이가 입을 열었다.

"거기 당신, 혹시 잉가르트의 국왕인 카룬달입니까?"

"……나를 알고 있는 눈치로군. 역시 놈들과 한패인가?"

드워프 국왕, 카룬달이 의심 어린 눈빛을 지으며 카이를 경계했다. 이에 카이는 인벤토리에서 그의 일지를 꺼내 들며 그를 안정시켰다.

"아, 오해하지 마십시오. 전 사룡의 둥지에서 당신의 일지를 발견한 모험가입니다."

"사룡의 둥지……? 설마 사룡의 잠자리에 만들어놓은 비밀 장치를 말하는 건가?"

"예."

"말도 안 돼. 그곳은 사룡이 잠을 자는 공간. 일개 모험가가 그런 곳에 숨겨진 일지를……."

말을 잇던 카룬달은 카이의 뒤편, 성혈단을 보며 고개를 끄덕였다.

"가만, 그러고 보니 저 문양은 분명 태양교의…… 그렇군. 저 정도로 강력한 태양교 정예가 나섰다면 이해되는군."

지르칸이 언제 돌아올지, 그의 꿍꿍이가 언제부터 시작될지 모르기에 한시가 급하다. 카이는 그의 오해를 풀어줄 생각이 없었기에 빠르게 이야기를 진행시켰다.

"남겨주신 일지 덕분에 대피소를 발견할 수 있었습니다. 그곳에서 카밀라와 드워프족의 아이들을 만나 일족을 구출해 달라는 부탁을 받고, 작전을 수행하는 중이었습니다."

그 말이 끝나는 것과 동시에, 드워프들이 철창으로 몰려들며 짧은 팔을 쭉쭉 뻗었다.

"뭐라고? 아이들! 아이들은 무사한가?"

"카밀라, 그녀를 만났나 보군?"

"밥은 잘 먹고 있던가! 내 새끼들 말일세!"

"대피소의 안전은 괜찮은가? 주변에 몬스터가 많지는 않던가?"

어느 나라, 어느 종족이든 자식 사랑은 끔찍하게 마련!

카이가 한 편의 좀비 영화를 보는 것 같은 기분에 진땀을 빼고 있자, 카룬달이 호통을 쳤다.

"조용! 이자는 사룡의 목을 베어 왕국의 복수를 해준 은인이자, 카밀라의 부탁을 받고 우리를 구출하기 위해 찾아온 태양교의 인물. 더 이상의 무례를 범하지는 말게."

"크, 크흠. 죄송합니다."

"너무 흥분해서 그만…… 자네에게도 미안하네."

드워프들이 빠르게 사과를 마치고 물러서자, 카룬달이 철창 가까이 다가왔다.

"자, 그럼 이제 이야기를 해주겠나. 대체 어떻게 된 일인지."

"그러니까……."

지나간 이야기를 빠르게 축약해서 전하자, 카룬달의 얼굴 주름이 한층 더 우묵해졌다.

"으음. 그 말은…… 우리를 구해주러 이곳에 들어온 것이 아니란 말인가?"

"……뭐, 상황만 놓고 보면 저희도 잡힌 것이라고 볼 수도 있죠."

카이의 말에 실망감을 감추지 못하는 카룬달.

"저, 그래서 말인데. 국왕님에게 긴히 드릴 말씀이 있습니다만……."

다른 이들을 물린 카이는 주변을 돌아보더니, 조용히 입을 열었다.

"인사가 늦은 점 죄송합니다. 전 4대째 태양의 사제직을 맡고 있는 카이라고 합니다."

"태양의…… 사제……? 그, 그렇다면 자네가!"

"쉿. 다른 이들에게는 비밀입니다."

카이가 황급히 조용히 하라는 제스처를 취하자, 카룬달이 침을 꿀꺽 삼키며 고개를 끄덕였다.

"아니, 그런데 도무지 이해가 안 되는군. 사도가 어찌하여 일개 흑마법사에게 질 수가 있나?"

"크, 크흠. 그건 제가 아직 사도로 각성한 지 얼마 안 되서…… 그래서 말인데, 성검 프리우스가 현재 어디 있는지 알고 계십니까?"

성검이라면, 모든 악을 멸하고 찬란한 빛을 뿜어내는 광휘의 힘이 담긴 성검 프리우스라면 지르칸에게도 치명적인 피해를 입힐 수 있을 터.

"이런, 아직 모르는가? 잘 듣게나. 성검은……."

카룬달이 다급한 표정으로 입을 여는 순간이었다.

"끼이이이이이-!"

마치 노래방 마이크에 혼선이라도 난 것처럼, 찢어지는 듯한 소음이 공간을 가득 울렸다.

"크윽!"

"꺄아아악!"

그 불쾌한 소리에 모두가 귀를 막고 인상을 찡그림과 동시에, 카이와 프레이 길드원의 눈앞으로 메시지가 떠올랐다.

띠링!

[던전의 보스, 변질된 천사 루시퍼가 등장합니다.]

[잠에서 깨어난 지 얼마 안 된 루시퍼는 극심한 공복감을 느끼는 중입니다.]

[허기를 느끼는 루시퍼가 가장 즐겨 먹는 주식(主食)은 인간입니다.]

'……아하.'

카이가 재미있다는 듯 헛웃음을 터뜨렸다. 지르칸이 자신들을 이곳으로 몰아넣은 이유, 알 것 같았다.

카이의 눈이 가늘어졌다.

'타천사 루시퍼라……'

미드 온라인에서의 루시퍼가 어떤 설정을 지니고 있는지는 모른다. 하지만 다른 게임에서의, 아니, 본래 루시퍼가 지니고 있는 설정 정도는 카이도 알고 있었다.

'빛을 흡수하는 자.'

천계에서 추방당한 천사이자 마왕의 오른팔로 불리는 루시퍼의 강력함은 어느 매체에서든 마찬가지로 묘사된다. 미드 온라인에서의 루시퍼 또한 그 틀을 벗어나지 못했다.

[변질된 천사 루시퍼 LV. 612]

레벨 612. 사룡 시네라스조차 한 수 접어줘야 할 정도의 강력한 몬스터!

화르르르륵.

방의 모서리마다 위치하는 네 개의 청화가 더욱 거세게 타오르기 시작했다. 동시에 루시퍼가 울부짖었다.

"끼이이-!"

"크윽!"

"커헉! 무슨 비명이……?"

재차 날아 들어온 귀가 찢어질 것 같은 비명. 그것은 단순한 묘사 따위가 아니었다.

[루시퍼가 칼날 비명을 지릅니다.]
[청각이 손상됩니다. 상태 이상 '어지러움'에 걸렸습니다.]
[태양의 신체와 높은 마법 저항력으로 저항합니다.]

정말 들으면 귀가 찢어진다. 물론 카이는 높은 마법 방어력과 태양의 신체 덕분에 훌륭하게 상태 이상에 저항했지만, 성혈단원들은 아니었다.

"으으……!"

"어, 어지럽군!"

반고리관이 손상된 그들은 비틀거리며 검 끝으로 루시퍼를 겨누었다. 그 상황에서 카이가 할 수 있는 행동은 하나뿐이었다.

"햇살의 따스함, 햇살의 따스함……."

가까이 있는 성혈단원들부터 치료해 나가는 카이!

하지만 그렇게 가슴 한 켠이 따뜻해지는 훈훈한 모습을 지켜볼 루시퍼가 아니었다.

"크르르르……."

타락해 버린 루시퍼의 날개는 흑색이었고, 온몸에는 붕대들을 휘감고 있었다. 게다가 눈에도 알 수 없는 문양이 그려진 붕대를 X자 형태로 두른 상태였다. 이성을 잃어버린 듯 짐승 같은 소리를 내는 녀석은 곧장 카이에게 달려들었다.

'레벨이 612라고 겁낼 필요는 없어.'

레벨 550의 사룡조차 여유롭게 해치웠던 자신이다. 남들 같았으면 온몸이 벌벌 떨렸겠지만, 카이는 담담하게 롱소드를 뽑으며 곧 다가올 충격에 대비했다.

'지금!'

루시퍼의 강철처럼 단단한 날개는 좌우에서 카이를 노리며 날아들었다.

이에 카이가 선택한 것은 횡 베기!

까아아앙!

"……!"

다가올 충격에 대비까지 했건만, 카이는 숨이 턱 막히는 것을 느끼며 그대로 튕겨져 나갔다. 몇 미터나 날아간 카이는 바닥을 몇 바퀴나 구르더니 겨우 정신을 차릴 수 있었다.

'무, 무슨 공격력이 이래?'

치명타는커녕, 정타조차 허용하지 않았다. 공격을 훌륭하게 가드했음에도 불구하고 카이의 남은 체력은 불과 20%!

'말도 안 돼.'

카이가 침을 꿀꺽 삼키든 말든, 그에게서 빈틈을 발견한 루시퍼의 추가 공격이 쇄도했다.

파바바바박!

활짝 펼친 녀석의 날개가 쏘아내는 날카로운 깃털 공격!

"크윽!"

몸을 날려 깃털들을 피해낸 카이는 곧장 햇살의 따스함을 통해 체력을 회복했다.

'혹시 공격력이 무지막지하게 강한 타입인가?'

미드 온라인에는 정말 다양한 보스들이 있다. 개중에는 방어를 포기하고 공격에 모든 능력이 몰린 변태 같은 녀석들 또한 존재했다.

'그렇다면 이야기는 쉬워.'

상대방의 공격을 회피하면서 자신의 공격을 때려 박는 것은 그의 주특기이기도 했으니까.

실제로 멋들어지게 깃털을 피해내던 카이의 눈이 빛났고, 그의 양손도 같이 빛났다.

"홀리 익스플로전!"

콰르르르르릉!

던전의 내부를 환하게 밝히며 튀어나간 두 개의 광선은 그대로 루시퍼의 머리와 가슴에 적중했다.

"끼아아아아악!"

비명을 터뜨리는 루시퍼!

이에 환호성을 지르려던 카이의 안색은 빠른 속도로 굳어 졌다.

[남은 체력 99.7%]

"뭐, 뭐라고?"

현재 카이의 신성 스탯은 1397. 무려 1400에 근접하는 무지 막지한 수치다. 그 스탯을 기반으로, 스킬 계수가 높은 홀리 익 스플로전을 무려 두 방이나 급소에 적중시켰다.

'그런데 대미지가 고작 0.3%밖에 안 들어갔다고?'

무언가 일이 크게 잘못되고 있다는 것을 느낀 카이가 자신 의 몸을 내려 보았다. 자신이 착용 중인 두 개의 성물은 눈앞의 타락한 천사에 반응하여 찬란하게 빛나는 중. 그 말은 현재 루 시퍼를 향한 자신의 대미지도 50% 상승했다는 소리였다.

'그런데도 0.3%라는 소리는……'

카이의 두 눈동자가 빠르게 방을 훑었다. 이 던전의 보스인 루시퍼를 상대하는 데에는 특정 조건이 있다고 판단한 것이다.

"단장님! 저희가 돕겠습니다!"

"고대 문헌에서나 볼 수 있던 녀석이군요."

"신의 뒤를 찌른 배덕의 천사, 용서할 수 없습니다!"

"맷집이 좋은 녀석이로군요. 저희가 적당히 다져놓겠습니다!"

수백의 성혈단원들은 저마다의 검술을 뽐내며 루시퍼의 몸을 두드렸다. 하지만, 결과는 나쁘다 못해 참담했다.

[남은 체력 99.6%]

"……."

자신의 대미지가 들어가지 않는 것이 아니었다. 오히려 다른 이들과 비교하면 비교조차 불가능할 정도로 잘 들어가는 것이었다.

'하지만 왜?'

612레벨이라는 수치에 비해, 공격력은 물론 방어력도 월등히 뛰어나다.

'페가수스 사에 아무리 변태들이 많다지만, 무결점의 보스를 모델링했을 리는 없어.'

카이는 날카로운 손톱과 날개로 성혈단원들을 쳐내는 루시퍼를 쳐다보며 입술을 꽉 깨물었다.

'대체 무슨 조건을 어떻게 풀어야…….'

마치 아직 진도가 나가지 않은 단원의 수학 문제를 마주한 기분이 들었다.

'우선 놈의 신체에는 약점이 없어.'

그건 300여 명의 성혈단원들이 쉴 새 없이 놈을 두드렸으니 확실하다. 그렇다면 눈여겨봐야 할 것은 다름 아닌 공간.

확고한 생각을 세운 카이는 다시 한번 보스룸을 훑었다. 보스룸의 구석마다 위치한 평범한 횃불은 물론이고, 검푸른색의 타일로 이루어진 벽과 바닥, 천장에서도 수상함을 찾아낼 수 없었다.

'……하지만 어릴 때 즐겨보던 만화에서 그랬지.'

불가능한 것을 제외한 나머지가 아무리 말이 되지 않아도, 그것이 바로 진실이라고. 그 생각이 머리를 스치는 순간, 카이는 일말의 고민도 없이 홀리 익스플로전을 쏘아냈다.

콰아아앙!

카이의 주문에 적중당한 횃불의 불 하나가 그대로 꺼졌다.

그와 동시에, 기다렸다는 듯이 메시지가 출력되었다.

띠링!

[지옥불 하나가 꺼졌습니다.]
[루시퍼가 흡수하는 빛의 크기가 약해졌습니다.]
[루시퍼의 모든 능력치가 감소합니다.]

"역시!"

루시퍼는 빛을 흡수하는 자. 보스룸 구석마다 위치한 푸른 횃불, 지옥불이 녀석의 비정상적인 강함의 원동력이었다.

'이런 식으로 불을 세 개만 더 꺼트리면······.'

녀석의 모든 능력치를 큰 폭으로 낮출 수 있다. 카이는 빠르게 움직이며 나머지 세 개의 횃불도 모두 꺼뜨렸다.

'이제 해볼 만하겠······ 어?'

하지만 예상과는 정반대의 상황이 펼쳐지기 시작했다.

"아, 아무것도 보이지 않아!"

"놈은 어디에 있지?"

어둠에 물든 보스룸. 성혈단원들이 황급히 신성한 빛을 시전했지만, 어둠은 거짓말처럼 사라지지 않았다.

[던전의 모든 지옥불이 꺼졌습니다.]
[루시퍼가 더 이상 지옥불을 흡수하지 못합니다.]
[루시퍼의 모든 능력치가 대폭 감소합니다.]
[던전이 어둠에 물들어 시야가 암전됩니다.]

암전. 그것은 어떤 스킬로도 뒤집을 수 없는, 맵이 지닌 특성 중 하나였다. 동시에 카이는 자신의 실수를 깨달았다.

'서, 설마 지옥불 하나 정도는 남겨놨어야 했나?'

생각해 보니 루시퍼는 눈에도 붕대를 두르고 있는 봉사였다. 한 마디로 방이 밝으나 마나, 상대를 감지하는 것은 시력이 아니라는 소리! 그 말을 증명이라도 하듯, 루시퍼는 활발한 활동을 개시했다.

콰드드득!

"커헉……!"

"크아아아아악!"

루시퍼의 공격에 얻어맞은 성혈단원들이 이곳저곳에서 비명을 터뜨렸다.

"크, 크흠."

돌아가는 것만 보면 카이가 하드 트롤을 하는 상황!

"세력창."

순식간에 성혈단원들의 상태를 확인한 카이의 안색이 하얗게 질렸다.

'이런…… 애들 체력이 얼마 없어. 이대로 가다가는 정말 다 죽겠는데?'

머리를 쥐어뜯으며 자신의 안일함을 탓한 카이는 검을 꽉 쥐며 앞으로 달려 나갔다.

'젠장, 아무것도 보이지 않아.'

눈을 아무리 크게 떠도, 어둠만이 눈에 더 들어올 뿐이었다. 상대방의 어렴풋한 형체 또한 보이지 않는 공간에서, 카이는 성혈단원들과 연신 부딪혔다.

"아! 발 밟지 마시게!"

"뒤에서 자꾸 밀지 마! 회피할 수가 없게 된다고!"

"젠장, 이 와중에 방귀 뀐 사람은 누구야?"

이렇게까지 엉망인 적이 있었나 싶을 정도로 혼란스러운 보스 레이드!

상황이 얼마나 엉망진창인지 알게 된 카이는 이마를 짚으며 명령했다.

"너희들. 모두 뒤로 물러나서 벽 끝에 바짝 붙어 있어."

"이 목소리는……."

"단장님?"

"하지만 물러서 있으라뇨?"

"그러면, 앞이 보이지도 않는데 너희들끼리 합을 맞출 수 있을 거라 생각해?"

심지어 그들은 오랜 시간 함께 훈련받은 사이도 아니다. 성혈단원들은 불과 몇 시간 전에 서로의 얼굴을 본 자들. 이런 갑작스러운 상황에서 손발이 척척 맞는 건 불가능했다.

'어찌 된 것이 난 세력을 손에 넣어도 똑같냐.'

솔로 플레이. 300여 명의 엘리트 부하들을 손에 넣고도 솔플을 하게 된 카이는 한숨을 내쉬었다.

"그, 그럼 단장님. 부디 조심하시길."

"예삿 놈이 아닙니다. 한때 천사였던 놈이라 그런지, 굉장히 강력한 악마가 되었습니다."

"젠장, 타천사 녀석. 설마하니 방의 불을 모두 끌 줄이야……."

"저희의 시야를 빼앗으려고 의도적으로 그런 거겠죠."

"보통 머리를 지닌 녀석이 아닙니다. 정말 영악하고 치밀한 놈입니다."

"⋯⋯."

카이는 뻘쭘한 표정으로 그들의 충고를 들었다. 지금 이 순간만큼은 아무것도 보이지 않는 것이 다행이라는 생각이 들었다. 물론 그들이 자신을 진심으로 걱정해 주는 것이라는 걸 알기에, 카이는 진한 미소를 지었다.

'귀여운 녀석들. 내가 캐리해 주마.'

저벅.

앞으로 걸어나가던 카이의 발소리는 어둠 때문인지 유난히 크게 들렸다. 그리고 그 소리를 듣는 순간, 루시퍼의 손이 벼락처럼 움직였다.

콰드드드득!

"커헉!"

불시에 공격에 얻어맞은 카이의 몸이 곧장 튕겨 나가며 벽에 부딪혔다.

'정말 아무것도 안 보이잖아.'

적의 공격이 어디에서 나오는지, 언제 나올지. 모든 것이 미지수인 상황. 하지만 다행인 것은 녀석의 공격력이 대폭 줄어들었다는 것이다.

'공격 한 번에 체력이 20% 정도 날아가는 건가……'

일전의 공격이 한 번에 80%의 체력을 날리던 것을 떠올리면 녀석은 확실히 약화되었다.

'와라.'

눈을 떠도 아무것도 보이는 것이 없기에, 카이는 지그시 눈을 감았다. 그리고 모든 신경을 피부와 귀에 집중시켰다.

'내 공격이 녀석에게 먹히는지, 안 먹히는지 확인할 방법은 없어.'

어차피 보이는 것은 아무것도 없기에 녀석의 남은 체력 또한 보이지 않는다. 현재 자신이 해야 할 건, 이 어둠에서 놈과 싸울 방법을 찾아내는 것뿐.

후웅.

앞쪽의 공기가 미약하게 흔들리는 소리가 카이의 뒤를 두드렸다.

'뭔가가 온다!'

카이는 반사적으로 무릎을 굽히고 자세를 낮추며 루시퍼의 공격에 대비했지만, 놈의 날카로운 손톱은 카이의 얼굴을 대각선으로 긁고 지나갔다.

"크윽!"

이전과 마찬가지로 반응조차 할 수 없었다.

하지만 카이의 안색은 생각보다 무덤덤해 보였다. 공격이 오

는 것도 모르던 아까와는 달리, 이번엔 무언가가 올 것이라고
사전에 눈치챘기 때문이다.

'어디 한번 해보자고.'

과연 끝에서 웃는 자는 누가 될지, 루시퍼의 손톱에 베인 상
처를 치료하며 카이는 오랜만에 승부욕을 불태웠다.

70장
성스러운 검

후우웅.

온다.

루시퍼의 공격이 다시 한번 이어졌고, 카이는 그 소리를 들었다. 그리고 이번에는 아까보다 조금 더 진보한 형태로 그 공격에 반응했다.

'소리는 앞쪽에서부터 크게, 왼쪽으로 휘둘러졌어.'

자신의 예상이 맞다면, 이번 공격은 왼쪽에서 온다!

때문에 카이는 검을 세워 자신의 측면을 방어했다.

그리고 이어지는 강철 깃털들의 세례.

파바바박!

'젠장!'

녀석의 공격 수단이 팔 한 짝뿐이라고 생각한 것이 맹점이었다. 카이는 순식간에 40%나 빠진 체력을 회복하며 다시 한 번 정신을 집중했다.

'미묘하게 달라. 소리가.'

팔을 휘두를 때와 날개가 펼쳐질 때의 소리가 미묘하게 다르다.

'팔을 휘두를 때는 조금 더 소리가 가벼워. 반면에 날개를 휘두를 때는 공기를 밀어내는 느낌이다.'

그 사소한 차이를 인지한 카이가 조용히 중얼거렸다.

"와라."

"키르르."

자신의 공격에 반응조차 못 하는 인간이 가소로운 것일까. 노력을 비웃듯, 날개를 힘껏 펼친 루시퍼는 허공으로 떠올랐다. 동시에 카이의 얼굴에서는 식은땀이 흘러내렸다.

'이 소리는…… 날개를 펼치는 소리인데?'

하지만 아까와는 반대로, 거칠게 흔들리는 바람이 안면을 강타했다.

'이 녀석, 날았구나!'

상대방이 정면에서 공격해 주기만을 바란 것은 자기 자신의 욕심이었다.

보스 몬스터인 루시퍼의 지능은 웬만한 플레이어의 수준. 녀석은 앞을 볼 수 없는 카이가 자신의 소리에 반응하는 것을 허락지 않았다.

콰드드드드득!

하늘 높이 떠올랐던 루시퍼가 바람처럼 쇄도하며 무릎으로 카이의 얼굴을 내리찍었다.

"크흑!"

고통이 그리 크지는 않았다.

굳이 비교하자면 자기 전에 누워서 스마트폰을 보다가 얼굴에 떨어트린 정도의 미약한 충격. 하지만 시큰거리는 코뼈가 가라앉기도 전에, 루시퍼가 카이를 몰아붙이기 시작했다.

촤악, 촤악! 푸욱!

양손에 자리 잡은 날카롭고 기다란 손톱을 검처럼 이용하여 카이를 베고, 찌른다. 그 상황에서 카이가 할 수 있는 것은 단순히 몸을 비틀며 피해를 경감하는 것뿐이었다.

'젠장. 이대로는 안 되겠어.'

구석까지 몰린 카이는 비장의 한 수로 남겨두려 했던 스킬을 사용했다.

"영체화!"

후우우웅!

루시퍼의 공격이 반투명한 상태로 변한 카이를 스쳐 지나갔다. 그와 동시에, 루시퍼가 기괴한 소리를 냈다.

"끼에?"

두리번두리번.

놈은 무언가를 찾는 것처럼 연신 고개를 돌렸다.

'햇살의 따스함, 햇살의 따스함.'

자신을 치료하던 카이가 이상함을 느낀 것도 그때였다.

'왜 공격을 안 하지?'

600레벨이 넘어가는 보스 몬스터라면, 게다가 타천사라면 마법쯤은 기본 소양으로 익히고 있어야 한다. 자신이 아무리 영체화가 되었다고 한들, 루시퍼는 자신을 공격할 수단이 차고 넘친다는 소리.

'영체화는 딱 한 번 공격을 피할 목적으로 사용한 임시방편에 불과한데……'

루시퍼는 자신의 위치를 가늠조차 못 하는 듯, 애꿎은 허공을 때리며 분노했다.

'설마…… 나의 위치는 파악할 수 없는 건가?'

영체화가 된 카이의 몸은 그 어떤 소리도 내지 않으며, 무게를 지니지도 않는다.

'그렇다면 루시퍼가 상대방을 찾아내는 건, 사막 박쥐와 비슷한 원리인가?'

초음파. 소리의 공명을 통해 위치를 찾아내는 것!

'거기다가 루시퍼는 청각도 크게 발달한 것 같았어.'

성혈단원들이 소리를 낼 때마다 그곳으로 달려가던 녀석의 모습은 아직도 선명히 떠올랐다. 물론 확실하지는 않았다. 예상일 뿐. 그렇기에 카이는 자신의 논리를 입증할 수단이 필요했다.

"그럼…… 이건 어떨까."

카이가 천천히 입을 열어 중얼거리는 순간.

후웅!

강렬한 소리와 함께 루시퍼의 날카로운 손톱이 카이의 머리를 뚫고 지나갔다. 당연한 소리지만 영체화 상태인 카이가 받은 피해는 전무.

'역시. 소리에 크게 반응하는구나.'

확인이 끝난 카이는 여유롭게 휘파람을 불어 루시퍼를 불렀다.

"키에에에엑!"

부웅, 부웅!

소리를 낸 카이를 향해 연신 양손을 휘두르는 루시퍼.

이에 카이는 주저 없이 녀석의 손을 덥석 붙잡았다.

"햇살의 따스함."

"키, 키륵!"

악마족인 루시퍼에게 힐은 저주나 다름없었다. 하지만, 녀석이 뱉어내는 소리에 카이의 안색은 어두워졌다.

'뭐야. 대미지는 여전히 조금밖에 들어가지 않는 건가?'

아프다는 비명 대신 깜짝 놀랐다는 감탄사만 터뜨리는 루시퍼.

가볍게 아랫입술을 깨문 카이는 고개를 흔들었다.

'드넓은 해변가 또한 셀 수도 없는 모래 알갱이들이 모여 이루는 법. 영체화의 지속 시간은 10분이니 그 안에 최대한 체력을 깎아놓고…… 그 후는 그때 가서 생각하자.'

카이가 다시 한번 햇살의 따스함을 사용하려고 할 때, 돌연 루시퍼가 날개를 펼쳤다.

화악!

녀석의 입장에서는 보이지도 않는 상대에게 시비를 걸 필요가 없었던 것이다. 아직 방 안에는 카이를 제외하고도 300마리의 먹잇감이 더 있었으니까.

"크윽!"

루시퍼가 자신의 손을 뿌리치고 허공으로 날아가자, 카이는 서둘러 뒤를 돌아봤다. 아니나 다를까, 뒤쪽의 벽면에 붙어 있던 성혈단원들이 소리를 지르기 시작했다.

"크윽, 젠장!"

"왜 갑자기 타깃을 우리로 변경한 거지?"

"검을 들어서 일단 공격을 막아!"

"함부로 검을 휘둘러선 안 돼! 동료들이 다칠 수도 있다!"

황급히 세력창을 켜보니, 성혈단원들의 체력이 눈에 띄게 줄어들고 있었다.

'젠장, 이건 어쩔 수 없네.'

지르칸이라는 상상 이상의 강적을 만났기 때문인지, 카이는 의식적으로 선행 스탯을 소모하는 강림 스킬을 사용하지 않고 있었다. 하지만 고작 선행 스탯 20개를 아끼자고 성혈단을 희생시킬 수는 없는 법.

카이는 일말의 주저함도 없이 입을 열었다.

"강림 스킬 발동."

따링!

[강림 스킬을 사용합니다.]

[영구적으로 20개의 선행 스탯이 소멸됩니다.]

[당신의 몸에 강림시킬 선대 사도의 영혼을 선택할 수 있습니다.]

300명의 아군을 지켜야 하는 상황이다.

그런 상황에서 불러내야 할 사도?

이건 고민을 할 가치도 없는 문제였다.

"늘 하던거…… 말고, 수호의 시미즈로."

[제1의 사도, 수호의 시미즈가 강림합니다.]

체란티아가 강림될 때와는 사뭇 다른 기분이 온몸을 휘감았다.

온몸이 붕 떠있는 것 같은 느낌은 똑같았지만, 뭐랄까. 항상 에너지가 넘치는 체란티아의 성정과는 달리, 시미즈의 유려함이 옳은 듯한 기분이다.

-마침내 절 불러주셨군요.

머릿속에서 울리는 목소리는 이제 카이도 잘 알고 있는 친숙한 이의 것이었다.

'시미즈.'

-잘 불러주셨어요. 호호. 이걸로 저도 체란티아 그 꼬맹이에게 큰소리칠 수 있겠네요.

'……'

자신의 몸이 언제부터 선대 사도들이 자존심 싸움을 벌이는 장기판이 되었는지는 모르겠지만.

카이는 다급한 목소리로 입을 열었다.

"상황이 안 좋습니다. 지금 시미즈 님을 부른 건……."

-알아요. 하지만 조급함은 일을 망치게 되는 법. 서두르지 마세요.

부드럽고 조곤조곤한 목소리로 카이를 잘 타이른 시미즈가 말을 이었다.

-체란티아가 설명해 줬을 거예요. 제가 직접 설명하고 싶었

는데, 당신이 그 황소 같은 꼬맹이를 먼저 불러냈잖아요?

"그건 죄송……."

-후훗. 이제 그만 놀릴 테니 너무 불안해하지 마세요. 저를 불러낸 이상, 안심하셔도 된답니다.

머릿속의 시미즈는 자신감을 잔뜩 끌어안은 목소리로 말했다.

-지금 이 순간부터, 당신의 적은 당신이 지키고자 하는 이들의 털끝 하나 건드릴 수 없을 테니까.

카이가 그녀의 광오한 발언에 눈을 크게 뜨기도 전에, 알림이 떠올랐다.

띠링!

[시미즈가 사용자의 육신에 강림하였습니다.]

[그녀의 제한된 능력들 중 일부를 사용할 수 있습니다.]

[일시적으로 '절대수호영역' 스킬을 획득합니다.]

[일시적으로 '거울의 방' 스킬을 획득합니다.]

[일시적으로 '무장해제' 스킬을 획득합니다.]

[일시적으로 '시미즈의 신념' 스킬(패시브)을 획득합니다.]

[시미즈의 신념 스킬(패시브)의 효과로 아군의 모든 방어력이 200% 증가하며, 주변 적들의 모든 방어력을 80% 감소시킵니다.]

체란티아 때와 마찬가지로, 카이는 각 스킬들의 사용법을 절로 깨달을 수 있었다.

'……대단해.'

동시에 그녀를 향한 경외심이 카이의 마음을 밀물처럼 채워 나갔다.

'인정해. 수호라고 해서 솔직히 큰 쓸모가 없을 줄 알았는데……'

기본적으로 전투란 한쪽을 죽여야 끝난다. 때문에 카이는 효과가 아무리 뛰어나다고 해도, 방어로는 상대방을 압도하지 못할 거라 생각했다.

착각이었다.

'이것이 수호의 시미즈. 교단의 움직이는 성이라 불리던 초대 교황의 힘……!'

더 이상 망설일 필요는 없었다. 카이는 성혈단원들의 비명이 들리는 곳을 향해 손을 뻗으며 입을 열었다.

"절대수호영역 선포."

우우우웅.

기묘한 소리와 함께 신성한 방어막이 바닥에서 올라오며 성혈단을 감싸 안기 시작했다.

"루시퍼를 공격할 생각하지 마. 절대수호영역은 보호받는 자가 공격을 하기 시작하면 조금씩 풀리게 되니까."

"이 목소리는…… 단장님?"

"앞이 보이지는 않지만, 성스러운 힘이 나를 보호하고 있는 게 느껴집니다."

"카이 단장님. 당신은 도덕, 아니, 도대체……."

루시퍼의 마수에서 살아남은 성혈단원들은 깊이를 알 수 없는 카이의 실력을 찬양했다.

"키르륵?"

알 수 없는 힘에 밀려난 루시퍼는 인상을 잔뜩 찡그렸다. 자신의 힘이 통하지 않는 방어막이 마음에 들지 않는 모양. 루시퍼의 강력한 양손이 곧장 방어막을 두드렸다.

"키에에에엑!"

그러고는 비명을 터뜨리며 뒤로 튕겨져 나갔다.

저벅저벅.

천천히 루시퍼에게 다가간 카이가 경고했다.

"소용없어. 절대수호영역은 아무리 큰 힘으로 내려쳐도, 더 큰 피해를 돌려줄 뿐이니까."

"크르르……."

절대수호영역은 강림이 풀리거나, 자신의 신성력이 바닥 나기 전까지는 풀리지 않을 것이다.

"그럼 이제 정말 우리 둘만을 위한 무대가 되었네."

아직도 영체화의 시간은 남아 있었다.

카이는 천천히 손을 뻗어 루시퍼가 있던 방향을 더듬었다.

"대충 소리는 이쪽…… 아니, 이쪽인가. 무장해제."

띠링!

[정확한 대상을 지정해 주십시오.]

"흠. 이쪽이 아닌가. 그럼……."

"키리리릭!"

카이가 눈앞에서 계속 종알거리자, 루시퍼가 어둠의 마력을
양손 가득 거머쥐고 카이를 향해 휘둘렀다.

콰드드득!"

"크흑!"

불시에 옆구리를 얻어맞은 카이가 거친 숨을 뱉어냈지만,
그의 입가는 웃고 있었다. 그는 루시퍼의 손이 날아온 방향을
정확히 가리키며 말했다.

"무장해제."

철컥, 철컥.

마치 견고한 갑옷이 강제로 해제되는 기분 좋은 효과음과
함께, 루시퍼의 당황한 목소리가 보스룸에 울려 퍼졌다.

"크, 크르르?"

띠링!

[변질된 천사, 루시퍼에게 무장해제 스킬을 사용하였습니다.]
[루시퍼의 모든 방어력이 0으로 고정됩니다.]
[사용자의 모든 공격은 루시퍼에게 치명타로 적용됩니다.]

"……어때. 네 단단한 맷집도 이제는 소용없겠지?"

자신의 방어력은 최대로! 상대의 방어력은 최저로.

'이렇게 생각하니 조금 무섭네.'

자신이 평소에 시미즈를 얼마나 무시했던가. 그녀의 진면목을 알게 되자, 카이는 어색한 미소를 지을 수밖에 없었다.

수호의 시미즈, 그녀는 아군에게는 무한한 신뢰와 안도감을 주지만 적에게는 압도적인 공포를 선사하는 이 세상 누구보다 잔혹한 전장의 여제였다. 강림을 통해 단숨에 우위를 손에 넣은 카이는 천천히 전방을 바라봤다. 정확히 말하자면 루시퍼 녀석이 위치해 있던 장소를 쳐다본 것이다.

'지금도 앞이 안 보이는 건 여전하니까.'

하지만 걱정할 필요는 없다. 강림 스킬의 지속 시간은 1시간. 그 시간 안에는 무슨 일이 있어도 루시퍼를 끝장낼 자신이 있었다. 게다가 상대방의 방어력이 0으로 고정되고 자신의 모든 공격이 치명타로 발동하는 지금. 카이는 아까보다 훨씬 과감한 방법을 사용할 수 있게 되었다.

"신성 사슬."

촤르르르륵!

카이의 왼쪽 소매에서 사슬이 튀어나왔다. 심지어 사슬의 개수는 달랑 하나가 아니었다.

촤르륵, 촤르르르륵!

무려 스무 개가 넘어가는 사슬들이 보스룸을 샅샅이 훑기 시작했다.

철그렁, 철그렁!

던전의 벽과 바닥, 심지어 드워프들이 갇혀 있는 철창과 천장까지! 마치 살아 있는 생물처럼 뻗어 나간 신성 사슬들은 거미줄처럼 연결되기 옥죄기 시작했다.

'크르륵.'

본능적으로 사슬에 닿으면 안 된다는 것을 깨달은 루시퍼가 열심히 도망을 쳤지만, 그가 도망칠 수 있는 공간은 결국 한정되어 있었다.

철그럭.

왼팔을 통해 무언가와 부딪치는 감각이 드는 순간, 카이는 확신했다.

'찾았다.'

거미가 자신의 거미줄에 걸린 먹잇감을 탐지할 수 있는 것처럼. 루시퍼의 위치를 파악한 카이는 망설이지 않았다.

"업그레이드, 신성 사슬."

평소보다 훨씬 굵고, 거대하게 변한 신성 사슬!

카이는 순식간에 강화된 사슬 세 개를 사출했다.

처러럭, 철그렁!

"키에에에엑!"

사슬은 눈 깜짝할 사이에 루시퍼의 목과 양쪽 팔을 구속했다.

거미는 먹잇감을 향해 섣불리 다가가지 않는다. 자신이 이길 수 있는 적인지를 충분히 파악한 뒤, 그 힘부터 무력화시킨다.

'우선 거슬리는 건…… 아무래도 저 날개지.'

카이의 이두근에서 힘줄이 우두둑 솟아올랐다.

동시에 루시퍼의 몸은 마치 중력에 이끌린 사과처럼 바닥으로 떨어졌다.

콰아아아앙!

바닥의 타일들이 깨지며 먼지가 피어오르는 순간, 루시퍼의 귀가 쫑긋거렸다.

"크르륵?"

전방에서 들려온 어떠한 소리에 고개를 돌린 그는 양팔을 들어 다가올 충격에 대비했다.

"미안하지만 이제는 소용없어."

가볍게 바닥을 박찬 카이는 녀석의 머리 위를 지나가며 중얼거렸다. 녀석이 양팔을 들어 올린 것은 양손에 묶어놓은 사슬을 통해 미리 알고 있었다.

'앞을 막아봤자 소용없을 거다.'

순식간에 루시퍼의 뒤로 돌아간 카이는 수십 개의 사슬을 주워 녀석의 목에 휘감았다. 그리고는 녀석의 등을 강하게 발로 밀어냈다.

"커…… 커르르륵!"

루시퍼는 목 부근에서 느껴지는 강력한 고통과 호흡 곤란에 입에 거품을 물었다. 하지만 카이의 공격은 거기서 끝나지 않았다.

서걱!

"키아아아아아악!"

카이의 비어 있는 오른손은 곧장 검을 휘둘러 녀석의 날개를 노렸다.

'굳이 두 개 다 잘라낼 필요는 없지.'

본디 날개란 한 쌍이 있어야 비행을 할 수 있는 법. 카이는 루시퍼의 한쪽 날개만을 집요하게 난도질했다. 루시퍼가 필사적으로 저항했지만, 그때마다 카이의 왼팔이 붙들고 있는 사슬들이 녀석의 움직임을 알려줬다.

'이 정도면…… 할 만해.'

물론 자신은 이 어둠 속에서 상대방을 볼 수 있는 시력이 없다. 그렇다고 위치를 파악할 수 있는 초음파가 있는 것도 아니고, 청각이 유별난 것도 아니었다.

'하지만 모로 가도, 서울로만 가면 된다 이 소리지.'

감각. 자신의 팔을 통해 전해져 오는 감각에 모든 신경을 집중한 카이의 몸이 분주하게 움직였다.

철렁!

사슬이 크게 움직이면, 녀석이 팔을 휘두른다는 뜻이다.

찰그랑.

사슬이 미약하게 움직이면, 녀석이 하체 공격을 시도했다는 뜻. 아직까지 풀리지 않은 영체화 덕분에 카이가 입는 피해는 여전히 전무!

카이는 최고의 상황에서 녀석의 패턴을 완벽하게 분석하고 있었다.

[영체화의 지속 시간이 끝났습니다.]

지속 시간이 끝나자 카이의 몸이 천천히 형체를 갖추기 시작했다.

"키르르륵!"

상대방의 소리와 위치가 확실해졌다. 그 사실을 깨달은 루시퍼는 수모를 갚아주겠다는 듯 맹공을 퍼부었다.

후웅, 후웅!

하지만 분석의 성과인 걸까. 루시퍼의 양손과 다리는 카이의 몸을 몇 번 스치는가 싶더니, 점점 허공을 휘두르는 횟수가 많아졌다.

"후우, 후욱."

루시퍼의 공격이 충분히 익숙해졌다고 느껴지자, 카이는 틈틈이 반격을 시작했다.

서걱! 푹!

[치명타 발동! 81,172의 대미지를 입힙니다.]
[치명타 발동! 82,237의 대미지를 입힙니다.]
[치명타 발동! 82,741의 대미지를 입힙니다.]
…….

어디를 공격해도 터져 나오는 치명타!

그 짜릿한 손맛과 쾌감에 중독된 카이의 손은 더욱 빨라지기 시작했다.

"키, 키에에엑!"

루시퍼는 어느 순간부터 반격의 의지를 잃고 카이의 공격을 막아내기에 급급했다. 하지만 맨몸으로 검을 막아낸다는 건 어불성설. 심지어 카이는 루시퍼에게 있어선 천적이나 다름없는 상대였다.

서걱, 서걱!

[여명의 검법 효과로 13,970만큼의 신성 피해를 입힙니다.]
[치명타 발동! 6,835만큼의 추가 신성 피해를 입힙니다.]

바로 신성력. 타천사 루시퍼의 유일한 약점인 절대적 신성! 대악마인 그의 신체를 뚫고 피해를 줄 수 있는 신성력은 개나 소나 다룰 수 있는 게 아니었다. 만약 카이가 태양의 사제가 아니었다면 꿈도 못 꿀 일.

물론 그러한 사실을 알 리 없는 카이는 흐뭇한 표정으로 검을 놀렸다.

'오늘따라 손맛이 좋은데?'

"키에에엑!"

거듭된 공격과 누적된 피해에 공포를 느낀 루시퍼는 도망을 치기 위해 날개를 활짝 펼쳤다. 그러고는 한쪽 어깨에서 느껴지는 횡한 무게감에 얼굴을 찌푸렸다.

"날아가려고? 안 될 텐데."

그의 노력을 비웃기라도 하듯, 카이는 한 걸음을 내디디며 녀석의 심장을 강하게 찔렀다.

"크르르르르륵!"

루시퍼는 살기 위해 연신 뒷걸음질을 쳤다. 하지만, 눈앞의 인간은 그마저도 허락지 않았다.

철그렁.

"도망도 못 쳐."

자신의 목과 양손을 구속하고 있는 사슬은 아무리 힘을 줘도 풀리지 않았다. 그야 마기와는 극상성의 기운인 신성력으로 만들어져 있었기에 당연한 소리.

"레벨이 워낙 높은 놈이라 언제 죽을지는 모르겠지만, 그때까지 잘 부탁한다."

카이는 현재 600레벨이 넘는 보스 몬스터에게 쉴 새 없이 치명타를 박아 넣는 중이었다. 그 때문인지, 단순히 검을 휘둘러서는 절대 오를 일 없는 검술 숙련도가 매우 빠르게 올라가고 있었다. 그 단순한 폭력이 이어지기를 어언 50분. 결국 루시퍼는 무릎을 꿇으며 피를 토해냈다.

띠링!

[변질된 천사, 루시퍼를 처치했습니다.]

[신의 권위를 넘보던 교만한 천사의 영혼이 세상에서 소멸됩니다.]

[스페셜 칭호, '대악마 사냥꾼'을 획득합니다.]

[변질된 천사의 영원한 안식을 바라던 헬릭이 사탕을 흔들며 기뻐합니다.]

[선행 스탯이 25 상승합니다.]

[태양 목격자의 효과로 선행 스탯이 추가로 13 상승합니다.]

[레벨이 올랐습니다.]×32

[스탯 포인트를 160개 획득합니다.]

"호오."

32개의 레벨 업과 38개나 상승한 선행 스탯. 고작 1시간 동안 전투를 치른 성과라고 보기에는 지나치게 푸짐한 보상이었다.

화르르륵.

루시퍼가 죽자, 지옥불이 피어나오던 횃불은 정상적인 불을 뿜어냈다. 동시에 공동이 환하게 밝아지기 시작했다.

"으음. 눈이 부시군."

"엇! 벼, 변질된 천사가……."

"단장님이 녀석을 처치하셨어!"

성혈단원들의 존경 어린 시선을 받던 카이는 드워프들이 갇혀 있는 철창으로 다가갔다.

"물러나세요."

그들이 물러나자, 카이는 깔끔하게 검을 휘둘러 철창을 베어냈다.

"오오, 정말 깔끔한 솜씨일세. 설마 자네가 루시퍼까지 처치할 정도의 실력자였을 줄이야……."

"운이 좋았습니다."

"운? 대악마들은 운이 좋다고 처치할 수 있는 존재들이 아닐세. 분명 자네에게 신의 가호가 따르는 것이겠지."

"신의 가호라…… 뭐, 비슷하네요."

정확히 말하면 대선배님의 가호이지만.

-괜찮아요. 이번 일로 헬릭 님의 명성이 높아진다면 전 그것으로 만족한답니다. 엄마 미소를 지으며 중얼거린 시미즈의 목소리가 천천히 줄어들기 시작했다.

-이제 가봐야 할 시간이에요. 오늘 불러줘서 고마웠어요. 그럼 다음에 또…….

'예. 오늘 정말 감사했습니다.'

[강림 스킬의 지속 시간이 끝났습니다.]

그녀를 배웅한 카이는 대악마 루시퍼가 남긴 재료들을 파밍했다.

[루시퍼의 심장]
[루시퍼의 날카로운 뼈 손톱]
[루시퍼의 흑색 날개]
[500골드]

"흐음. 이걸 어떻게 봐야 할지……."

루시퍼의 심장은 연금술을 위한 재료 아이템이었다. 날카로운 뼈 손톱은 무기를 만들기 위한 재료, 흑색 날개는 아쉽게도 비행 능력이 배제된 장식 아이템이었다.

게다가 마무리는 500골드.

'심장이랑 뼈 손톱만 챙기고, 흑색 날개는 경매장에 팔아야겠어.'

고작 장식 아이템이다. 팔려봐야 얼마에 팔리겠냐마는…….

카이는 자신이 없었다. 이렇게 유치찬란한 날개를 등 뒤에 달고 다닐 자신이.

"음?"

항상 여유롭던 지르칸의 표정이 드물게 경직되었다.

그는 눈을 감고 혼란스러운 머릿속을 정리하며 빠르게 상황을 파악하려 노력했다.

'……루시퍼의 기운이 사라졌다고?'

말도 안 된다. 말도 안 된다는 것을 지르칸도 알고 있었기에, 몇 번이나 탐지 마법을 사용했다. 하지만 도출되는 결과는 마찬가지.

"이건 말도…… 말도 안 되는 일이야."

항상 습관처럼 입에 담던 존댓말을 잊어버릴 정도로 큰 충격을 받은 지르칸. 하지만 루시퍼가 어떤 존재인지 아는 자들은, 그의 심정을 백분 이해할 것이다.

루시퍼는 마왕의 피를 하사받아 그의 피를 머금고 그의 자식이 된 존재. 비록 강력한 마기에 미쳐 버려 이성을 잃어버렸다지만, 전투력만큼은 발군이다.

'게다가 마왕의 피로 강화된 육체는 성검이 품은 신성력 정도가 아니면 피해조차 줄 수 없어.'

한데 그런 존재가 죽었단다. 지르칸은 머릿속이 뒤죽박죽 엉키는 더러운 기분을 느꼈다.

'한 번이면 우연이지만……'

두 번부터는 단순한 우연이 아닌 실력이다. 지르칸은 처음 성혈단이 몬스터들을 휩쓸었을 때 자신의 분석이 틀렸음을 깨달았다.

'분석이 한 번 틀린 건 괜찮아. 그깟 몬스터 몇백 마리는 하루면 충원하고도 남으니까. 하지만……'

가디언인 루시퍼는 다르다. 그가 뚫렸다는 것은…… 이제 그가 지키고 있던 곳도 위험해졌다는 뜻이다.

"주제도 모르는 것들이 감히!"

흉신악살 같은 표정을 지은 지르칸의 신형이 순식간에 사라졌다.

✳

"카룬달 님. 이제 바로 돌아가면 되겠습니까?"

드워프 일족의 상태를 확인한 카이가 물었다. 마찬가지로 자신의 식구들을 돌아본 카룬달이 냉큼 고개를 끄덕였다.

"부탁하네. 이 끔찍한 곳에서 한시라도 빨리 나가고 싶으니."

"하하. 갇혀 계신다고 고생이 많으셨나 봅니다."

"고생이라고 할 것은 딱히 없었네. 갇혀 있는 시간은 오히려 편했지. 다만 작업 시간에……"

무언가를 말하려던 카룬달이 돌연 말끝을 흐렸다.

'음?'

카이는 그의 표정 변화를 놓치지 않았다. 무언가 말하기를 꺼리거나, 두려워하는 표정. 이 상태에 빠진 사람은 집요하게 캐물으면 오히려 멀리 도망가 버린다.

'차라리 공감해 주면서 스스로 입을 열게 해야 하지.'

괴롭힘을 당하던 친구들을 위로해 주면서 터득한 삶의 지혜!

카이는 부드러운 목소리로 그를 달래며 안타까운 표정을 지어 보였다.

"이해합니다. 많이 두려우셨죠? 하지만 이제 괜찮습니다. 사도인 제가 왔으니까요."

"……자네, 설마 내가 무슨 말을 하고 싶은 건지 알고 있는 건가?"

"모를 수가 없지요. 자신이 어디로 향하는지도 알아보지 않을 정도로 미숙하지는 않습니다."

"허어, 그렇게까지 말해주니 고마워서 뭐라 할 말이 없군……. 그럼 전부 알고도 왔다는 것 아닌가?"

카룬달이 감격한 표정으로 카이를 쳐다봤다.

'이렇게까지 감격할 일이라고? 그렇다는 건…….'

카이의 머리가 빠르게 굴러가기 시작했다. 그가 알기로 드워프들은 자존심이 무척이나 강한 존재들이다. 오죽하면 사룡이 잉가르트를 침공했을 때도, 항복은커녕 저들의 자존심을 지키고자 무기를 들었던 일족이 아닌가?

'심지어 카룬달은 그런 이들을 이끄는 왕이야. 아무리 강력한 무력으로 겁을 준다 해도 눈 하나 깜빡하지 않았겠지.'

그렇다면 무엇이 이들을 이토록 두렵게 만든 것일까?

카이는 그들의 지난 행동에서 그에 대한 힌트를 찾아낼 수 있었다.

'역시 아이들인가.'

그들은 왕국이 침공당하는 와중에도 아이들을 먼저 내보냈다. 게다가 카이가 이곳에 처음 도착해 자기소개를 했을 때도, 아이들의 안위를 먼저 물어보았다. 예로부터 자식 이기는 부모 없다고 했다. 아무리 남녀 구분이 없는 드워프들이라 해도, 그건 똑같은 모양.

'그렇다면 카룬달을 두렵게 하는 것은 훗날 자신의 아이들에게 위협이 될 만한 존재겠지.'

생각은 여기까지.

카이는 옅은 한숨을 내쉬며 말을 이었다.

"생각할수록 큰일이군요. 이대로 두면 아이들의 미래가 어두워질 것이 뻔한데 말입니다."

"……동감일세. 하지만 제단에는 부활 의식을 진행 중인 추종자들이 몇이나 있네. 아무리 자네라고 해도 맞서는 건 무리겠지."

'제단? 부활 의식? 추종자? 가만있어 봐……'

마치 퍼즐 조각 같은 단서들이 머릿속에서 차례차례 맞춰진다. 카이는 그 동떨어진 파편들을 끼워 맞추는 순간, 머릿속이 환해지는 것을 느꼈다.

'마왕! 카룬달은 마왕의 부활을 위한 제단에 끌려간 거야. 추종자들은 틀림없이 마왕 추종자들일 터……'

그렇다는 말은 이곳이 마왕의 부활 제단과 연결된 장소라는 소리.

'젠장. 진짜 빨리 자리를 떠야겠는데?'

카이는 던전을 클리어하고 생성된 포탈을 통해 성혈단과 드워프들부터 내보내기 시작했다.

'그런데 왜 카룬달이 그런 곳에 끌려간 걸까. 아까 분명 작업 시간이라고 했는데.'

마왕 추종자들이 드워프에게 무언가 원하는 것이 있었으니 죽이지 않고 데려왔을 터. 그리고 정황상 그들은 드워프들이 무언가를 만들어주기를 원하는 것 같았다.

카이는 다시 한번 카룬달을 떠보았다.

"그런데 마왕 추종자들이 카룬달 님을 제단에 데려간 이유는 뭡니까? 혹시 뭔가를 만들어달라고 요구하던가요?"

카이가 직접적으로 마왕 추종자들의 존재를 입에 담자, 카룬달은 한결 편안해진 표정을 지었다. 동시에 카이의 눈앞으로도 메시지가 떠올랐다.

[카룬달이 당신을 의지하기 시작합니다.]
[카룬달의 호감도가 상승합니다.]
[협상 스킬의 효과로 카룬달의 심리 상태가 표시됩니다.]
[카룬달 : 불안, 공포, 의지, ???.]

카이는 예전에 협상 스킬의 레벨이 올랐을 때부터 NPC의 기분을 엿볼 수 있게 되었다. 메시지창이 말하는 것처럼, 카룬 달은 카이를 의지하는 듯한 눈빛으로 입을 열었다.

"제단은 몹시 낡아 있었네. 그들은 혹여 의식이 실패할까 싶어 새로운 제단을 만들 것을 요구했지."

"설마 만들어주셨습니까?"

"이곳에 도착한 지 불과 하루야. 그럴 시간도 없었네."

"그렇다면 다행입니다. 부모님들이 마왕의 부활에 일조했다는 사실을 알게 되면 아이들이 많이 슬퍼했을 거예요."

아이들을 들먹이자 카룬달이 살짝 붉어진 얼굴로 고개를 끄덕였다.

"자네가 아니었다면 평생의 수치를 남길 뻔했네. 그래…… 목에 칼이 들어와도 그런 일은 하지 말아야 하는 법이지."

"아닙니다. 굳이 제가 오지 않았더라도 카룬달 님과 드워프 일족은 그릇된 선택을 하지 않으셨을 거예요."

캐낼 수 있는 정보는 모두 캐낸 뒤, 자존감을 올려준다.

그야말로 기가 막힌 화술!

[교묘한 화술을 통해 원하는 정보를 취득했습니다.]
[화술 스킬의 숙련도가 상승합니다.]
[카룬달의 호감도가 상승했습니다.]

챙길 것은 모두 챙겼다. 성혈단원들과 드워프 일족은 몇 명을 제외하고 모두 포탈 건너로 넘어간 상태.

"카이 님. 그럼 저희도 건너가 볼게요."

"예. 금방 가겠습니다."

미네르바를 필두로 마지막까지 곁을 지키던 프레이 길드도 포탈을 건넜다. 그 모습을 쳐다보던 카이가 카룬달에게 말했다.

"그럼 이제 저희도 건너갈까요? 먼저 들어가시죠."

"고맙네. 오늘의 은혜는 반드시 갚도록 하겠네. 드워프들은 절대 은원을 잊지 않아."

"그렇게까지 말씀하시니 기대되는데요?"

카이가 부드러운 미소를 지으며 카룬달과 함께 포탈로 걸어가는 순간, 머리맡에서 스파크가 일어났다.

'스파크?'

파지지직.

마치 점착된 폭탄의 도화선이 타들어 가는 것 같은 소리. 머릿속에서 울리는 경종이 카이를 행동하게 만들었다.

"카룬달 님!"

순식간에 카룬달을 감싸고, 옆으로 크게 물러나면서 성스러운 방어막을 몇 겹이나 시전했다. 결과적으로 그 행동으로 인해 죽음의 사신은 한 걸음 멀어졌다.

"정말이지. 눈치 하나는 비상하신 분이군요."

지르칸.

아까와 마찬가지로 전신을 흑의로 뒤덮고 있는 녀석이 허공을 부유한 채, 붉은 눈동자를 드러내며 보스룸을 훑었다.

"……정말 죽었네요."

잠깐이지만 루시퍼의 시체를 주시하던 그는 곧 흥미를 잃은 듯 시선을 거두었다.

"뭐, 애초에 역겹고 무능력한 천사종 아니겠습니까. 마왕의 피를 머금었다고는 하나 솔직히 기대도 없었습니다. 말도 제대로 못 하는 머저리이기도 했고. 이른바 실패작이죠."

녀석의 말을 들어주면서, 카이는 침을 꿀꺽 삼켰다.

'카룬달만 어떻게든 포탈로 내보내면……'

아니, 설령 보내지 못해도 시미즈의 절대수호영역을 사용하면 완벽하게 보호할 수 있다. 문제는 역시 지르칸이다.

'애초에 지르칸은 흑마법사야. 방어력 자체가 높지 않은 직업이지.'

흑마법사의 방어력 자체는 모든 클래스를 통틀어 사제와 버금갈 정도로 허약한 편이다. 그 대신 주문력은 흔히 마법사라 부르는 백마법사보다 월등히 뛰어나다. 다만 긴 시전 시간은 둘째치고 흑탑에서 정기적으로 내려오는 퀘스트가 대부분 어렵다.

'쉽게 말하면 돈이 많이 드는 퀘스트만 주지.'

한마디로 유저들 중에서는 금수저만 할 수 있는 것이 바로 흑마법사. 심지어 그 고생을 해도 폐쇄성이 짙은 흑탑은 모험가를 반기지 않는다. 육성도 힘들고, 대우도 별로. 게다가 백마법사가 딱히 모자란 직업도 아니었기에 유저들의 발걸음이 어디로 향하는지는 물어보지 않아도 뻔한 일이었다.

'지르칸은 흑마법사야. 하지만 네크로맨시 트리를 탄 것 같지는 않은데.'

실제로 조금 전에 그가 지휘한 몬스터들은 언데드가 아니었다.

'그렇다면…… 이 자리에서 싸워야 하나?'

그와의 일대일 대결이라면, 자신이 보호해야 할 NPC들도 없고, 그마저도 완벽하게 지켜줄 수 있는 상황이라면.

'해볼 만해.'

카이는 지금 당장 싸움이 일어나도 할 만하다고 판단했다.

물론 싸우지 않고 서로 갈 길을 가는 것이 최고지만, 딱히 주눅 들 필요는 없다는 말이다.

"할 말은 그게 끝이야?"

"……지금 저를 도발하시는 겁니까? 좋은 선택은 아닌 것 같습니다만."

"내가 뭘 했다고 도발이야?"

"흐음. 역시 당신은 다른 모험가들과는 다르군요. 절 두려워하지 않는다고 해야 하나……."

"내가 두려워해? 너를?"

카이가 저도 모르게 피식 웃음을 터뜨렸다.

"글쎄. 솔직히 말하면 너는 나에게 은인이나 다름없거든."

"……무슨 소리죠?"

지르칸이 불쾌한 목소리로 대꾸했다.

적이나 다름없는 상대가 자신을 은인이라 칭하다니?

'마치 나를 알고 있다는 말투…… 기분 나쁘군요.'

지르칸의 주변으로 칠흑의 구가 몇 개나 생성되었다. 그것들은 곧장 이라도 카이를 향해 쇄도할 것처럼 이글거리며 어둠을 피워냈다.

"무슨 소리겠어."

카이는 사막의 따가운 태양을 피하기 위해 쓰고 있던 후드를 벗었다. 동시에 지르칸의 눈매가 꿈틀거렸다.

"당신은……."

마법사들은 대개 머리가 좋다. 애초에 머리가 나쁘면 입문조차 힘든 학문이 바로 마법. 그런 분야에서 두각을 나타내고, 최상위 존재가 되었다는 건 머리가 비상하다는 뜻이다. 그 때문인지 지르칸은 카이의 얼굴을 보고 단숨에 그를 기억해 냈다.

"맙소사. 설마 당신, 프리카 마을의 그 애송이 신관, 카이입니까?"

"와, 이름까지 기억해? 솔직히 이건 좀 감동인데."

"마. 말도 안 되는……."

지르칸은 카이가 박수를 치며 자신의 기억력을 칭찬하든 말든, 혼란스러운 표정을 지었다.

'1년 반 정도밖에 안 되는 그 짧은 시간에…… 이만큼이나 성장을 했다고요? 그때 그 풋내기가?'

모험가들의 성장 속도가 빠르다는 것은 지르칸도 알고 있다. 자신을 귀찮게 하는 이들을 몇 명이나 죽여봤기에 모를 리가 없다. 매일매일 강해지는 그들은 며칠 뒤에 보면 훌쩍 강해져 있게 마련이었으니까.

'하지만 아무리 그래도 이 속도는 비정상적입니다.'

1년 반 만에 자신의 마기를 버텨낼 정도까지 성장할 줄이야. 그 말은, 과장을 조금 더 보태면 자신과 대등하게 싸울 수 있는 수준에 올라섰다는 소리다.

'위험 요소.'

지르칸의 눈빛이 차갑게 내려앉았다.

2년도 안 되는 시간에 이렇게 눈부신 성장을 이뤄낸 녀석이다. 만약 앞으로 2년이라는 시간이 더 주어진다면? 아니, 하다못해 1년. 혹은 반년이라는 시간만 더 주어진다면?

'그때는 제힘으로 막을 수 없을지도 모릅니다.'

그건 문제가 된다. 그것도 아주 큰 문제가 된다.

'제 실력은 추종자들 사이에서도 상위권. 그런 제가 막을 수 없다는 건……'

마왕 추종자 세력이 약간이나마 위태로워질 수 있다는 뜻이다. 지르칸은 싹이 자라기 전, 미리 밟아놓는 것이 가장 좋은 방법임을 알고 있었다. 하지만 동시에 그는 카이의 재능을 높이 샀기에 한 가지 제안을 했다.

"혹시 저희와 함께 앙골 모아 님을 부활시켜 대륙을 공포로 지배하실 생각이 있으십니까?"

"없는데."

"……."

단 1초의 고민조차 없이 단칼에 거절하는 카이!

그 모양새는 마치 길을 걷다가 만난 사이비 신도에게 반사적으로 대답하는 사람과도 같았다. 하지만 지르칸은 카이가 그럴 것이라고 예상을 하고 있었는지, 미련 없이 고개를 끄덕였다.

"조금은 아쉽군요. 조금만 더 모자란 모습을 보여주시지 그러셨습니까."

"……뭐?"

"오늘의 죽음을 교훈 삼아 깨달으십시오. 때로는 너무 뛰어난 것이 독이 된다는 사실을요. 튀어나온 돌부리가 가장 먼저 매를 맞는 법입니다."

우우우우웅.

던전이 크게 흔들리기 시작했다. 지르칸의 눈치를 살피던 카이가 카룬달에게 은밀히 속삭였다.

"카룬달. 제가 신호 주면 포탈로 뛰어요."

"괘, 괜찮겠는가? 그럼 자네는……."

카룬달은 감동과 걱정이 한데 섞인 표정을 지으며 조심스럽게 입을 열었다. 이에 카이는 누가 봐도 듬직한 표정을 지으며 어깨를 당당히 폈다.

"저는 걱정하지 않으셔도 됩니다. 저희는 죽어도 죽지 않는 불사의 축복을 받……."

"아, 우선 번거로운 포탈부터 치우고 시작할까요."

콰아아앙!

지르칸의 마법 한 방에 깨끗하게 파괴되는 포탈!

그는 허망한 표정의 카이를 내려다보며 빙긋 웃었다.

"자, 매 맞으실 시간입니다."

지르칸의 주변에 떠 있던 어둠의 구는 곧장 수십 개의 기다란 창으로 변모했다. 그 창이 누구를 노릴지는 두말하면 잔소리.

쇄애애액.

카이는 자신에게 쇄도하는 창을 노려보며 재빨리 검을 휘둘렀다.

까앙, 까앙!

창과 검이 부딪칠 때마다 불꽃이 튀어 올랐다. 마치 한여름

밤의 폭우처럼 쉴 새 없이 카이를 두드리는 어둠의 창. 하지만 창끝이 아무리 날카롭다 한들 찌르지 못하면 소용이 없는 법.

"역시. 우리 풋내기 사제님은 너무 강해지셨다니까."

허공에서 카이의 철통같은 가드를 내려다보던 지르칸이 조용히 고개를 끄덕였다. 마법사는 항상 다양한 수를 강구해야 하는 존재. 자신의 방법이 통하지 않는다고 통할 때까지 밀어붙이는 건 미련하다.

'새로운 길을 찾아볼까요.'

카이에게 공격이 통하지 않는 이유는 그의 손이 빠르기 때문.

'게다가 공격 방법이 너무 단순했지요.'

애초에 이것은 간단한 테스트. 카이가 어디까지 반응할 수 있는지를 보기 위한, 지르칸이 좋아하는 분석의 단계였다.

"자, 그럼 제대로 갑니다."

지르칸의 나지막한 경고에 카이의 목울대가 크게 출렁였다.

'일 났다.'

카이에게는 전장의 사신이라는 스페셜 칭호가 있다. 그 효과는 적을 처치할 때마다 스테미너를 생성해 내는 최상위급 칭호. 하지만 카이는 처음으로 그 칭호의 단점을 깨달았다.

'이 칭호…… 일대일 상황에서는 아무짝에도 쓸모가 없잖아?'

왜 이걸 지금에서야 깨달았을까.

아랫입술을 질끈 깨문 카이는 저 멀리의 카룬달을 쳐다봤다. 포탈 쪽으로 달려가던 그는 포탈이 파괴된 지금, 지르칸과 카이의 사이에서 굉장히 난감한 표정을 짓고 있었다.

'우선 시미즈를 불러내자.'

강림 스킬의 지속 시간은 한 시간. 그리고 재사용 대기시간 역시 한 시간이다. 이론적으로는 24시간 내내 강림 스킬을 사용할 수 있다는 소리다. 물론 선행 스탯이 빵빵하다는 전제가 성립되어야 하지만.

"강림 스킬 사용."

중얼거림과 동시에 카이의 눈앞으로 이제는 제법 익숙해진 인터페이스가 떠올랐다.

동시에, 카이의 동공이 크게 흔들렸다.

'이, 이게 뭐야?'

평소에 강림 스킬을 사용하면 항상 시미즈와 체란티아의 이름이 밝게 빛났고, 패트릭의 이름은 검은색으로 덧칠되어 있었다. 하지만 지금은 패트릭에 이어 시미즈도 흑색으로 변해 있는 상태.

당황한 카이가 그녀의 이름을 연호했다.

"제1의 사도, 시미즈 선택."

[사도의 영혼은 한 번 전투를 치루면 여덟 시간 동안 잠에 빠져 듭니다.]

[시미즈의 영혼은 현재 천상의 끝자락에서 새근새근 잠을 자고 있습니다.]

[시미즈의 영혼을 재강림시키려면 7시간 47분의 시간을 기다려야 합니다.]

"이, 이런……!"

낭패의 연속.

강림 스킬을 연달아 사용해 본 적이 없었기에, 미처 알지 못한 강림 스킬의 단점이었다.

'젠장. 시미즈의 절대수호영역이 없다면…….'

카이의 흔들리는 눈동자가 카룬달을 담았다. 그의 안전을 보장할 수 없다는 불안감이 카이의 얼굴에 그대로 드러났다.

"흐음. 드워프들의 왕이 걱정인가 보군요."

카이가 순간적으로 실수했다는 표정을 지었다. 속에 구렁이를 몇 마리나 품고 있는 괴물 앞에서 속마음을 그대로 드러내다니.

"그렇다면 걱정을 덜어드리지요."

지르칸의 왼쪽 손아귀에서 휘몰아친 어둠의 힘은 그대로 카룬달을 한쪽 벽으로 날려 버렸다. 그것으로 그치지 않고, 그의 주변을 칠흑의 철창이 에워쌌다.

"자, 이제 고민은 덜어놓으시고, 전력을 다 하십시오."

"……."

시미즈의 영혼을 제 몸에 강림시킬 수 없다는 것을 깨달은 순간. 카이가 가장 먼저 떠올린 것은 도망이었다.

'신출귀몰 스킬을 이용하면 카룬달과 함께 도망칠 수 있어. 하지만……'

그러자면 우선 저 철창부터 뜯어내야 한다. 물론 지르칸이 두 눈을 시퍼렇게 뜨고 있는 상황에서 그런 일이 가능할 리가 없었다.

'그럼 결국 죽이 되든 밥이 되든 싸워야 해.'

루시퍼와의 전투 이후, 승리감에 도취되 느슨해진 긴장감이 불러온 실수였다. 카이는 빠르게 상황을 정리했다.

'현재 내가 사용할 수 있는 기술이 뭐가 있지?'

나이트 오브 나이트메어를 사용한 죽음의 군단은 이미 몇 시간 전에 써먹었기에 사용 불가. 결국, 현재 사용할 수 있는 건 자신이 터득한 기본적인 스킬들.

'그리고 체란티아라도 불러와야 하나.'

솔직히 말하자면 그의 능력은 지르칸 같은 마법사와의 일대 일 상황에서는 큰 영향을 발휘하지 못한다.

'하지만 패시브 스킬인 체란티아의 신체. 그게 필요해.'

선행 스탯 20을 영구적으로 소모하여 모든 스탯을 1시간 동안 300이나 높일 수 있다.

현재 카이는 찬물, 뜨거운 물을 가릴 수 없는 상황!

"제2의 사도, 안식의 체란티아로."

[체란티아가 사용자의 육신에 강림하였습니다.]

[그의 제한된 능력들 중 일부를 사용할 수 있습니다.]

[일시적으로 '빛의 군단' 스킬을 획득합니다.]

[일시적으로 '정화하는 불의 파도' 스킬을 획득합니다.]

[일시적으로 '망각의 검' 스킬을 획득합니다.]

[일시적으로 '체란티아의 신체' 스킬(패시브)을 획득합니다.]

[체란티아의 신체 스킬(패시브)의 효과로 모든 스탯이 300 상승합니다.]

체란티아의 군건한 힘이 카이의 몸을 가득 채웠다. 물론 그의 굵은 목소리도 카이의 머리를 가득 메웠다.

-흐음. 탁한 기운이 느껴지는 마나로군. 마족과 관련이 있는 자인가?

"예. 마왕 추종자입니다."

-골치 아프게 되었군. 척 봐도 수준급의 고위 마법사로 보이는데…… 카이 자네가 사용할 수 있는 빛의 군단은 그의 상대가 되질 못 해.

"하지만 방법이 없잖습니까."

-방패막이. 그 이상도, 이하도 될 수 없을 걸세.

체란티아의 충고를 듣고 있는 카이에게, 지르칸이 눈썹을 꿈틀거렸다.

"음? 뭔가 분위기가 바뀐 듯한……."

알 수 없는 기시감에 지르칸이 눈을 가늘게 뜨며 카이를 관찰했다.

'외형적인 변화는 없어요. 하지만…….'

눈앞에 있는 풋내기의 '격'이 순간적으로 올라간 것 같은 착각이 든다.

'아니, 그럴 리는 없겠지요.'

지르칸은 애써 고개를 흔들며 이를 부정했다. 격을 올리는 것은 일개 인간이, 그것도 몇 초 만에 이룰 수 있는 행위가 아니었으니까.

"자, 그럼 제대로 한 번 가봅시다."

지르칸이 양손을 천천히 들어 올렸다. 마치 거장 피아니스트가 연주 전 건반 위에 손을 올려놓는 것처럼. 경건한 자세로 두 손을 뻗은 지르칸의 마법은 찰나에 발현되었다.

"……!"

별안간 두 다리에서 느껴지는 강한 구속감에 카이의 눈이 크게 뜨였다.

'이 느낌은…… 속박!'

속박 또한 상태 이상의 일부지만, 이건 외부적인 요소로 생긴 현상. 햇살의 따스함 스킬을 통해 풀어낼 수는 없었다.

물론, 방법이 없는 건 아니었다.

"홀리 인챈트."

신성력을 가득 머금은 카이의 검신이 밝게 빛났다. 그 검을 그대로 휘두른 카이는 두 다리를 묶고 있는 기운 덩어리들을 깔끔하게 잘라냈다.

'하지만 이게 끝이 아니야.'

자신의 두 다리를 묶은 것은 도망을 칠 수 없게 만드는 준비 과정에 불과했다. 주위를 훑는 카이의 표정이 빠르게 굳어갔다. 바닥에서는 뾰족한 가시들이 튀어나왔고, 허공에서는 화살과 창들이 내리꽂히는 상황!

'교란.'

카이의 몸은 분신만을 남긴 채 공격 범위 바깥으로 이동했다. 그가 이동한 곳은 다름 아닌 지르칸의 머리 위.

'이 이동은 헬릭조차 속일 수 있어.'

한 마디로 자신의 발밑에 위치한 지르칸에게 강력한 한 방을 자유롭게 먹일 수 있다는 뜻.

'업그레이드. 망각의 검.'

망각의 검. 체란티아의 스킬 중 하나로, 적중당한 이는 상태 이상 '망각'에 걸리게 된다. 5분 동안 그 어떤 스킬도 사용할 수 없는 효과를 지니고 있지만, 같은 효과를 지닌 침묵보다 훨씬 상위 등급의 상태 이상.

'이것만 먹이면……!'

전사가 스킬을 사용하지 못하는 것과 마법사가 스킬을 사용하지 못하는 건 천지 차이다. 전사는 스킬을 사용하지 못해도 높은 신체 능력으로 전투를 속행해 나갈 수 있다.

하지만 마법사는?

'스킬이 봉인되는 순간부터 앙꼬 없는 찐빵, 케첩 없는 오므라이스가 되는 거지.'

존재 가치가 사라진다는 뜻!

푹, 푸욱!

호랑이는 죽어서 가죽을 남겼지만, 카이는 살아서 분신을 남겼다. 그리고 그 분신은 지르칸의 마법 수십여 개에 적중당했다.

'됐다!'

완벽한 공격의 순간. 지르칸은 여전히 분신을 쳐다보는 중이었고, 자신은 그의 머리 위에 있다. 카이는 일말의 망설임도 없이 그대로 검을 내질렀다.

쇄애애애액!

바람을 찢어발기며 쇄도하는 날카로운 검격!

그 공격은 훌륭하게 지르칸의 몸을 일도양단했다.

'잠깐, 원킬이라고?'

아무리 마법사의 방어력이 약하다고 해도, 지르칸은 700레벨이 넘는 마법사다.

'그런 존재가 원킬이 뜰 리는 없어.'

그 사실을 깨달은 순간 카이는 본능적으로 스킬 하나를 사용했다. 그러고는 곧장 몸을 최대한 웅크리며 피격 범위를 좁혔다.

"역시 예전부터 눈치 하나는 빠르시다니까."

카이의 분신이 신기루처럼 흩어지는 것과 동시에, 일도양단된 지르칸의 몸도 흩어졌다. 동시에 옆구리에서 느껴지는 강력한 충격.

콰드드득!

"커헉……!"

띠링!

[4번, 5번, 6번 갈비뼈가 부러졌습니다.]

[부러진 뼈가 장기를 찌르고 있습니다.]

[상태 이상 '호흡곤란'에 걸렸습니다.]

[초당 소폭의 스테미너가 감소합니다.]

[상태 이상 '대출혈'에 걸렸습니다.]

[초당 1,250의 대미지를 입습니다.]

콰아아앙!

바닥에 내동댕이쳐진 카이는 고통 섞인 신음을 뱉어낼 시간
도, 고민을 할 겨를조차 없었다.

'우선은 치료부터.'

우우웅.

햇살의 따스함이 온몸으로 번지자 옆구리 부근에서 느껴지
던 불쾌한 기분이 차츰 사라져갔다. 모든 상태 이상을 해제한
카이는 허공의 지르칸을 올려다보며 상황을 파악하려 애썼다.

'대체 어떻게 교란을 읽은 거지?'

이 수는 아무리 전투의 베테랑이라고 해도 파악하는 것이
불가능하다. 심지어는 태양신인 헬릭조차 처음 봤을 때는 반
응조차 하지 못했다.

"잠깐, 처음 봤을 때라고?"

카이는 그제서야 자신의 실책을 깨닫고 인상을 찌푸렸다.
그 표정을 조용히 쳐다보던 지르칸이 미소를 지었다.

"이제야 깨달았습니까? 본인의 실수를."

"……스킬을 사용한 걸 읽어낸 건 아니었구나."

"예. 아쉽게도 신을 믿지 않는 저에게 그런 예지 능력은 없
어서요."

지르칸은 단순히 대비를 한 것뿐이다. 물론 그가 대비를 할

이유는 충분했다.

"사막 박쥐와 싸울 때 한 번, 사용한 적이 있었지."

"맞습니다. 그때 본 이후로, 위협적인 기술이라 판단하여 처음부터 경계하고 있었습니다."

무서운 녀석이다. 한 번 본 기술의 위험성을 단번에 파악하고, 그것을 역으로 이용할 함정을 파두다니.

'이래서 마법사들은 상대하기가 싫어.'

제대로 된 전투를 할 줄 아는 마법사들과의 싸움은 이래서 힘들다. 최소 몇 수 앞을 내다보면서 착실하게 함정을 파두는 그들을 상대하는 건 육체적으로도, 정신적으로도 피곤하니까.

'차라리 검은 벌의 스팅처럼 제 실력만 믿고 까부는 스타일이라면 모를까……'

지르칸은 뼛속까지 치밀한 마법사. 자신의 약점은 절대 보여주지 않되, 상대방에 관한 건 사전에 모두 파악을 해두고 움직인다.

'가만, 그럼 내가 몬스터 군단이랑 싸울 때 사용했던 스킬들은 모두……'

지르칸의 머릿속에 들어 있다는 소리.

카이는 자신이 그때 무슨 스킬들을 사용했는지 기억을 더듬더니 한숨을 내쉬었다.

"밑천 다 털렸네."

"준비가 된 자와, 준비되지 않은 자. 둘이 싸워서 누가 이길지는 불 보듯 뻔한 일입니다."

어깨에 잔뜩 힘을 준 지르칸은 부드럽게 미소를 지으며 카이를 내려다봤다. 누가 봐도 첫 격돌의 승자는 지르칸이라 생각되는 모습. 하지만 그 상황에서 카이는 미소를 지었다.

"아, 그런데 거짓말해서 정말 미안해. 사실은 내 밑천이 바닥까지 다 털린 건 아니거든."

"음……?"

카이의 얼굴 위로 피어나는 미소를 보는 지르칸이 눈살을 찌푸렸다.

"그게 무슨……."

푸욱!

지르칸이 의문을 표하는 순간, 한 자루의 검이 그의 등을 꿰뚫으며 가슴 앞으로 튀어나왔다.

"커헉……?"

"오늘의 교훈. 이길 때까지는 이긴 것이 아니다."

천천히 고개를 돌린 지르칸이 마주한 건, 카이와 똑같은 장비를 입고 있는 존재였다.

아! 물론 한 가지 부분은 달랐다. 바로 얼굴에 눈, 코, 입이 달려 있지 않고 계란처럼 매끈하다는 점.

"원래 모자란 놈들이 잘하는 게 딱 하나 있잖아."

카이는 지르칸을 열 받게 만들려고 작정이라도 한 듯, 배시시 웃으며 말을 이었다.

"불리해지면 친구 부르는 거."

지르칸의 몸이 양단되는 것을 보는 순간. 카이가 본능적으로 사용한 스킬은 하나였다.

"소개할게. 내 소울 메이트. 태양 분신이야."

더불어서 기분 좋은 알림이 카이의 귀를 두드렸다.

[상대방이 망각의 검에 적중당했습니다.]

[상대방이 상태 이상, '망각'에 걸렸습니다.]

[상대방의 레벨이 현저하게 높아 망각의 효과가 대폭 감소합니다.]

[상대방은 10초 동안 스킬을 사용할 수 없습니다.]

태양 분신의 능력치는 본체가 지닌 능력의 70%만큼.

'그래서 아쉬워. 레벨 차이가 크게 나서 망각의 효과가 이렇게까지 줄어들다니.'

만약 자신이 지르칸에게 망각의 검을 박았다면 적어도 10초라는 결과가 나오지는 않았을 터. 아쉬움이 하나도 느껴지지 않는다면 거짓말이겠지만, 카이는 미소를 지었다.

'뭐, 그래도 10초면 충분하니까.'

전투 중인 전사에게 10초라는 시간은 마법의 시간이다.

말 그대로 어떤 일이든 해낼 수 있는 자유로운 시간.

'물론 나는 사제지만 말이야.'

꾸우욱.

그게 무슨 상관이란 말인가? 각종 칭호의 효과와 체란티아의 신체로 인해 카이의 힘 스탯은 1700을 가볍게 뛰어넘었다. 세상에 하나밖에 없을, 괴물 같은 사제의 양쪽 허벅지가 터질 듯 부풀어 올랐다.

"……이런. 먼지 날리는 건 싫은데."

마치 앞으로 어떤 일이 일어날지 알고 있다는 것처럼. 자조 섞인 미소를 짓는 지르칸의 얼굴로 카이의 주먹이 꽂혔다.

콰아아아앙!

눈 깜짝할 사이에 보스룸 반대편의 벽에 처박힌 지르칸. 하지만 이것은 시작일 뿐. 카이는 절대 이 공격 한 번으로 만족하지 않았다.

'9.4초 남았다.'

촤르륵!

카이의 왼쪽 소매에서 튀어 나간 여러 개의 신성 사슬이 지르칸의 몸을 단단하게 묶었다.

"흐읍!"

왼팔을 뒤로 당기자, 지르칸의 몸은 실에 묶인 연처럼 힘없이 딸려왔다. 다가오는 녀석의 복부를 노리고 타이밍에 맞춰 올라가는 카이의 무릎!

콰드드득!

카이의 니킥이 지르칸의 복부를 강하게 강타했다. 지르칸은 비명을 지를 겨를도 없이, 천장 높은 곳으로 날아갔다. 물론 그에게는 고통의 몸부림을 칠 자유도 허락되지 않았다.

콰아아악.

지르칸의 몸이 일정 거리 이상 떨어지자, 팽팽해지는 신성 사슬. 이에 카이는 다시 한번 사슬을 당겼다. 그리고 떨어지는 지르칸의 면상을 향해 그대로 오른손 스트레이트를 한 번 더 꽂아 넣었다.

콰아앙!

바닥에 떨어졌다가 탄력 있게 튀어 오르는 지르칸의 몸.

카이의 싸커 킥이 녀석의 복부를 기세 좋게 차올렸다.

뻐엉! 콰득! 콰드드득!

마치 같은 동영상을 반복 재생하듯, 비슷한 행위가 몇 번이고 똑같이 이루어졌다. 지르칸의 온몸을 벌집처럼 쑤셔대는 카이의 공격. 힘 스탯이 1700을 넘는 순간, 그의 주먹과 발은 그 자체만으로도 둘도 없는 무기가 되었다.

'마지막 1초.'

하지만 이제는 정말 치명상을 안겨줄 차례. 사슬을 강하게 당긴 카이는 자신에게 날아오는 지르칸을 바라보며 입술을 달싹였다.

"업그레이드, 파이널 어택, 솔라 필드, 칼날 쇄도."

[업그레이드 스킬에 의해 파이널 어택이 강화되었습니다.]

[파이널 어택의 피해량이 50% 상승합니다.]

[업그레이드 스킬에 의해 솔라 필드가 강화되었습니다.]

[솔라 필드의 스탯 증가량이 15만큼 증가하고, 영역이 늘어납니다.]

[업그레이드 스킬에 의해 칼날 쇄도가 강화되었습니다.]

[칼날 쇄도의 회전력이 상승하며, 피해량이 100% 상승합니다.]

메시지들이 카이의 눈앞을 어지럽혔지만, 그의 시선은 지르칸에게 단단히 고정되어 있었다.

"칼날 쇄도!"

드드드득!

회전력을 머금은 카이의 롱소드에 얻어맞은 지르칸이 멀리 튕겨 나갔다. 카이는 날아가는 지르칸을 향해 스킬을 시전했다.

"추적하는 빛의 화살, 홀리 익스플로전!"

콰아아아앙!

수백 다발의 빛의 화살. 그리고 두 개의 홀리 익스플로전.

그 스킬들이 지르칸에게 적중하는 순간, 카이는 자신의 승리를 확신했다.

'안 그래도 방어력이 약한 흑마법사야. 10초 동안 정신없이 때렸으니 체력은 바닥이겠지.'

저 멀리 바닥에 쓰러져 있는 지르칸을 쳐다보던 카이가 검을 흔들었다. 습관처럼 검신에 묻어 있는 피를 털어내기 위함이었다. 하지만 이 행동이 카이의 안색을 딱딱하게 만들었다.

"잠깐만, 피가 안 묻어 있다고?"

검신에는 묻어 있는 피가 없었다. 그 사실에 당황한 표정을 지은 카이가 지르칸에게 고개를 돌렸다.

가장 먼저 확인한 것은 지르칸의 체력.

[남은 체력 : 100%]

"마, 말도 안 돼."

카이가 현실을 부정하려는 듯 고개를 흔들었다. 10초라는 마법의 시간 동안 녀석을 셀 수도 없이 두드렸다.

'그런데 대미지가 전혀 들어가지 않았다고?'

방어력이 그렇게 단단하던 루시퍼조차 이 정도는 아니었다. 하물며 흑마법사가 이 정도의 방어력을 지녔을 리는 없다. 심지어 파이널 어택을 포함한 일격은 방어력 무시 대미지가 아니었는가?

"후우. 이래서 먼지 날리는 건 별로 좋아하지 않는다고 했습니다만."

고개를 절레절레 흔든 지르칸은 자리에서 천천히 일어났다. 벽과 천장에 처박히고, 바닥을 굴렀기 때문에 흙먼지를 잔뜩 뒤집어쓴 모습. 하지만 그에게서는 그 어떤 상처의 흔적도 찾아볼 수가 없었다.

"솔직히 놀랐습니다. 설마 아까 그 상황에서 저런 재미있는 걸 준비해 놨을 줄이야."

"……대체 어떻게?"

아직도 상황을 파악하지 못한 카이가 떨리는 목소리로 묻자, 지르칸이 어깨를 으쓱였다.

"죄송하지만 저는 루시퍼 같은 실패작과는 다릅니다. 마왕님의 힘이 담긴 지옥불의 힘을 완전하게 받아들였지요. 당신의 신성력은 대단한 편이지만, 저에게 피해를 줄 수 있을 정도는 아닙니다."

──……저자의 말대로다.

가만히 전투를 지켜보던 체란티아가 지르칸의 말에 맞장구를 쳤다.

"아니, 전 태양의 사제입니다. 그런데도 피해를 줄 수 없다니…… 그게 가능하나요?"

-가능하네. 애초에 마왕의 힘을 일부나마 계승한 이들은 모두 그렇다네. 그리고 태양의 사제가 지니고 있는 주 업무도 그와 관련이 있었지.

"설마?"

-그래. 일반적인 방법으로는 도저히 쓰러뜨릴 수 없는 그들을 세상에서 지우는 것이 사도의 업무 중 하나였지.

"말이 안 되잖아요. 제힘으로는 타격조차 할 수 없는데, 어떻게 처치하죠?"

-후우. 그건 앞으로 자네가 거쳐 갈 시간이 해결해 줄 문제라고밖에는 할 말이 없군. 너무 이른 시기에 저런 존재를 만났어.

한마디로 지금 당장은 죽었다 깨어나도 못 이긴다는 소리다.

"그럼 지금 저더러 그냥 죽으라는 거예요?"

-도망칠 수 있으면 도망치게. 그게 최선이야.

체란티아가 이토록 부정적인 말을 내뱉을 정도면 결과는 안 봐도 뻔하다.

'젠장, 하지만……'

지금은 카룬달이 인질로 잡혀 있는 상태. 물론 혼자서 몸을 빼고자 하면 신출귀몰로 언제든지 몸을 뺄 수 있다.

"도망치게!"

고민에 사로잡혀 있던 카이의 귓가로 카룬달의 음성이 번개처럼 꽂혔다.

"자네 정도의 모험가라면 그 정도의 대비는 해놨을 터. 나는 괜찮으니 어서 자리를 피하게."

"카룬달……."

"살 만큼 살았고, 누릴 만큼 누렸네. 근래의 가장 큰 걱정이던 일족의 안전 또한 자네 덕분에 덜어놓았으니 나는 더 이상 삶에 미련이 없네."

카룬달의 입가에는 어렴풋이 미소가 떠올라있었다.

'바보 같기는.'

자기 딴에는 걱정을 덜어주겠다고 미소를 지은 것일 테지만, 안력이 크게 강화된 카이의 눈을 속일 수는 없었다.

'입가를 저렇게 떨어대고 있으면서.'

아무리 나이가 많다고 해도 카룬달 또한 한 명의 인격체. 당연히 죽음이라는 미지의 세계가 두려울 것이다.

"이 상황에서 어떻게 도망을 치라는 거야."

카룬달은 자신을 버리고 도망치라고 했지만, 오히려 그 말이 카이의 생각을 굳혔다.

'지르칸을 베고, 카룬달과 함께 이 자리를 벗어난다.'

각오를 굳힌 카이의 표정을 쳐다본 지르칸이 고개를 갸웃거렸다.

"도망을 쳐도 곱게 보내줄 생각은 없었지만…… 표정을 보니 그럴 생각조차 없는 듯하군요."

"그래. 널 쓰러뜨리고 카룬달과 함께 빠져나갈 거다."

"푸흡!"

터져 나오는 웃음을 참지 못한 지르칸은 어깨를 들썩이며 웃었다.

"지금 당신의 수준으로는 턱도 없습니다. 아! 물론 방법이 없는 건 아닙니다."

지르칸이 손가락을 튕기자, 허공에서 생겨난 아공간이 검한 자루를 뱉어냈다.

고고한 백로처럼 백색 검신이 특징인 검.

"여기 있는 성검으로 저를 공격할 수 있다면 저는 큰 피해를 입겠지요."

"……저게 성검이라고?"

당황한 카이가 사실 여부를 확인하기 위해 카룬달을 쳐다봤다. 그는 몹시 침울한 표정으로 고개를 떨구었다.

"사룡과 몬스터들의 군대가 잉가르트를 침공했을 당시, 저자가 왕궁의 보고에서 직접 성검을 강탈해 갔네."

한마디로 성검이 맞다는 소리.

"……아, 헬릭 님 보고 싶다."

돌아가는 상황이 매우 엿 같다는 뜻이었다. 심지어 다음 순간 성검은 눈앞에서 자취를 감추었다.

"저는 도박을 좋아하지 않는 편인지라. 성검은 아공간에 곱게 보관해 놓겠습니다."

"치사하게……"

그것은 자신의 패배 가능성을 0%로 만들겠다는 지르칸의 선고와도 같았다.

'어떤 스킬을 사용해도 지르칸에게 피해를 입힐 수는 없어.'

이미 모두 사용해 보았다. 홀리 익스플로전, 추적하는 빛의 화살. 게다가 방어력을 무시한 물리 공격까지. 하지만 그 어떤 방법도 지르칸에게 피해를 입힐 수는 없었다. 그것을 깨닫는 순간, 카이의 머릿속에 떠오른 생각은 하나뿐이었다.

'나 이번에 진짜 죽나?'

사망으로 인한 경험치 손실과 페널티들이 머릿속을 둥둥 떠다녔다. 역시 혼자 도망치는 것이 낫지 않을까 하는 생각이 들었지만, 그것은 빠르게 흩어졌다.

"자, 그럼 우선 귀찮은 것부터 치워놓을까요."

지르칸은 멀뚱멀뚱 서 있던 태양 분신의 목을 그대로 날려 버렸다. 아무리 분신이라고 하지만, 그야말로 허망한 죽음이다. 그 모습이 곧 있을 자신의 모습처럼 보였기에 카이는 기분이 울적해졌다.

-속지 말게.

체란티아가 말했다.

"무슨 말씀이세요?"

-성검 말일세. 내가 천상의 끝자락에서 패트릭과 대화를 나눴을 때 궁금해서 부탁한 적이 있네. 성검이 어떻게 생겼는지 궁금하니 보여달라고 말이야. 하지만 그때 그는 이렇게 말했지.

"뭐라고요?"

-이미 자네에게 물려줬기에 보여주고 싶어도 보여줄 수가 없다고 말이야.

체란티아가 너무나도 당당한 목소리로 말하자, 카이는 저도 모르게 제 기억을 더듬었다.

'패트릭이 성검을 나한테 이미 물려줬다고?'

단언컨대, 그런 사실은 없었다.

카이가 고개를 흔들었다.

"아니요. 패트릭 님이 뭔가 착각한 걸 겁니다. 저는 받은 적 없어요. 게다가 성검은 지금 지르칸이 가지고 있잖아요."

-아니야. 패트릭은 분명 자네에게 성검을 물려줬다고 했어.

"말이 안 되잖아요?"

성검은 현재 지르칸의 아공간에 잠들어 있다. 성검이 두 개가 아닌 이상, 자신이 성검을 들고 있을 이유는 없다.

'아니, 설령 두 개라고 하더라도. 나는 아무것도 받은 게 없다고.'

패트릭이 치매라도 걸린 것이 아닐까 의심이 되는 상황.

"그럼 이제 귀찮은 것도 사라졌으니 저희도 다시 시작해 보지요."

이 상황이 즐거워서 어쩔 줄 모르겠다는 표정을 지은 지르칸이 손을 뻗으며 입을 열었다.

그의 손아귀로 어둠이 몰려드는 순간, 체란티아가 불쑥 말을 이었다.

-나야 패트릭이 어떻게 자네에게 성검을 넘겨줬는지 모르네. 하지만 이런 말을 같이 하더군. 성검은 자신의 모든 것을 이어받은 자만이 다룰 수 있다고 말일세.

"자신의 모든 것을 이어받은 자?"

카이가 패트릭에게 이어받은 것이라고는 몇 개 없었다.

'모두 여명의 검술관에서 배운 것들이지.'

패트릭이 죽기 전에 자신의 마지막 가르침을 남기려고 만들었다는 검술관. 카이가 배운 것은 크게 두 가지였다.

'신성 폭발 스킬. 그리고…… 여명의 검법이지.'

대체 그것들을 배운 것과 성검을 다룰 수 있는 것에 어떤 연관이 있는 것일까?

이에 대한 자세한 생각을 하기도 전에, 어둠의 파도가 카이를 덮쳤다. 예로부터 바다는 생명의 보고라고 불렸다.

그야 당연했다. 바다라는 자연에서만 숨 쉬는 생명들은 인간의 삶을 풍요롭게 만들어주었으니까. 하지만 그 어떤 인간도 그토록 자비로운 바다를 무시하지는 않았다. 오히려 바다를 두려워하여 용왕을 숭배했고, 매년 제물을 바쳤다. 분노한 바다는 거친 해일을 일으키며 사나운 기세로 인간들을 먹어치웠기 때문이다.

'무슨 마법이 이렇게 대책 없는지……!'

현재 카이에게 향하는 마법 또한 바다였다. 물론 풍요를 가져다주는 바다가 아니라 죽음의 공포를 안겨주는 바다라는 게 문제였지만.

콰아아아아아아!

허공에 떠 있는 지르칸의 주변에는 세 개의 마법진이 시계 방향으로 천천히 돌아가고 있었다. 그리고 폭포수처럼 뿜어져 나오는 어둠의 물결은 곧장 카이에게 쏟아졌다.

찰박찰박.

눈 깜짝할 사이에 허벅지까지 물에 잠긴 카이가 그 마법을 피해 도망 다니는 것도 잠시. 마치 수도꼭지라도 돌린 것처럼 그를 향하던 파도가 뚝 끊겼다.

"후후. 준비는 끝났습니다."

한바탕 물난리를 친 지르칸은 파도 공격의 성적이 미진했음에도 불구하고 미소를 지었다.

그러고는 천천히 다음 마법을 캐스팅했다.

"잠깐, 설마……?"

그때 카이의 뇌리를 불현듯 스치고 지나가는 불길한 생각.

'내가 생각하는 그건 아니겠지?'

하지만 언제부터였을까. 카이의 불길한 상상은 늘 현실이 되었다. 이번에도 딱히 다를 것 같지는 않았다.

'젠장, 왜 비르 평야 전투가 떠오르는 건데.'

자신의 골반까지 차오른 물. 사실 이것 자체로는 카이의 움직임을 절대 제한할 수 없었다. 왜냐하면, 현재 그의 수중 움직임 보정은 100%를 넘는 상태였으니까.

어떻게 보면 차라리 도움이라고 칭할 수도 있다. 하지만 그것이 얼어붙기 시작하면 이야기는 달라진다.

'말 그대로 지옥의 시작이지. 그 악몽 같은 콤보 마법의 효과는 누구보다 내가 가장 잘 알아.'

자신이 직접 구상하고, 사용하여 몇 배나 차이나는 전력을 뒤집으며 전쟁을 이겨봐서 안다.

'이건 위험해.'

번개 같은 사고가 이루어지는 사이 지르칸의 캐스팅이 끝났다. 동시에 카이는 본능적으로 천장에 신성 사슬을 박아 넣었다.

"흐읍!"

사슬을 힘껏 당기자 순식간에 허공으로 솟아오르는 몸!

그와 동시에 지르칸의 마법도 시전되었다.

"리버스 그래비티."

"어……?"

전혀 예상치 못한 마법의 발현에 카이가 두 눈을 동그랗게 떴다.

'이 상황에서 뜬금없이 리버스 그래비티라고?'

주문의 이름에서도 알 수 있듯이, 중력을 역행시키는 마법이다. 그 여파로 카이의 골반까지 차오르던 어둠의 물이 방울지며 허공으로 두둥실 떠올랐다.

"당신이라면 전투 중에도 최소 두 수 앞은 읽어낼 수 있을 거라고 판단했습니다."

사람은 항상 자신이 높게 평가되고, 대우받으면 좋아하는 생물이다. 하지만 그 평가를 적이 하게 되면 상황은 조금 미묘해진다.

"젠장!"

신성 사슬 덕분에 허공으로 떠오른 카이. 하지만 본래라면 바닥에 있어야 할 어둠의 바다 역시 허공으로 떠오른 상태였다.

'따라잡혔다.'

어둠의 물방울들이 허공으로 비산하며 카이에게 닿는 순간, 지르칸은 미련 없이 손가락을 튕겼다.

쩌저저적!

동시에 허공에 떠 있던 모든 물방울들이 얼어붙기 시작했다. 그건 카이의 몸을 뒤덮고 있는 물도 예외는 아니었다.

[상태 이상 '둔화'에 걸렸습니다.]
[모든 움직임이 15% 느려집니다.]

다행히 상태 이상 동상에 걸리지는 않았다. 현재 카이의 몸을 뒤덮고 있는 물방울들이 그 정도로 많지는 않았으니까.

'우선 상태 이상 해제부터……'

카이가 햇살의 따스함을 시전하려는 순간, 바닥에서 솟아오르는 어둠의 가시가 그의 복부를 꿰뚫었다.

[상태 이상 '출혈'에 걸렸습니다.]
[초당 1,500의 대미지를 입습니다.]

"커억!"

"그렇게 쉽게 치료하게 내버려 둘 수는 없지요."

카이는 황급히 검을 휘둘러 제 복부를 관통한 가시의 앞쪽을 잘라냈다.

'젠장, 움직임이 느려. 초당 피해도 생각보다 심각하고.'

황급히 햇살의 따스함을 사용하려 했지만, 몰아치는 마법 주문들이 이를 방해했다.

"크윽, 교란!"

교란을 통해 시간을 벌고, 햇살의 따스함을 사용할 생각이었지만……

"그 스킬에 대한 파악은 이미 끝났습니다."

카이가 언제, 어디서 튀어나오든 지르칸의 마법은 지독하게 그의 뒤를 쫓았다. 마치 그가 상처를 치료할 찰나의 시간조차 주지 않겠다는 것처럼.

결국 카이는 노선을 변경했다.

촤악, 까앙, 콰아앙!

카이가 검을 휘두를 때마다 그를 향해 날아드는 마법 하나가 파괴되었다. 그는 마치 메이저리거 투수가 던지는 패스트볼을 쳐내는 타자처럼 쉴 새 없이 쏟아지는 마법들을 향해 검을 휘둘렀다.

'치료를 할 시간 자체를 안 주겠다는 거야.'

사람을 제대로 괴롭힐 줄 아는 녀석이다.

아랫입술을 꽉 깨문 카이에게 체란티아가 경고했다.

-출혈 효과가 상당하네. 이대로라면 1분 안에 사망할 거야.

그의 말은 사실이었다. 가시에 찔려 체력이 7만밖에 남지 않은 카이에게 초당 1,500의 대미지란 가혹, 그 자체였다.

'어떻게든 변수를 만들어내야 돼.'

하지만 기댈 곳이 없다.

카이의 머리가 빠르게 굴러가며 남아 있는 가능성들을 확인하기 시작했다.

'불사 스킬이 남아 있긴 해. 하지만……'

불과 5초 만이 허락되는 불사의 시간 동안 지르칸을 죽이는 것은 불가능했다. 애초에 피해 자체를 주지 못하는 상황이니 5초가 아니라 50초라도 불가능할 터.

'우선 치료부터 생각하자.'

콰아아아앙!

검을 크게 휘둘러 마법 하나를 더 파괴시킨 카이는 곧장 왼손을 앞으로 뻗었다.

"푸른 역병!"

푸쉬이이이이!

카이의 왼손을 통해 터져 나오는 푸른색의 안개!

시종일관 미소를 짓고 있던 지르칸도 인상을 찌푸릴 수밖에 없었다.

"음. 귀찮은 짓을……."

푸른 역병은 독 중에서도 최상위권을 다투는 중독 효과를 지니고 있다. 아무리 독 내성이 높은 흑마법사라도 이를 온전히 무시할 수는 없었다.

'쯧. 어쩔 수 없군요.'

결국 지르칸이 선택한 것은 타협이었다. 카이를 공격하던 다중 캐스팅 중 하나를 취소하고, 본인에게 해독 마법을 시전한 것이다. 마법 하나가 줄어든 공백만큼 카이가 자유로워졌음은 당연했다.

"햇살의 따스함!"

그 틈을 놓치지 않은 카이는 황급히 스킬을 사용했다.

[모든 상태 이상이 해제되었습니다.]

두 개의 상태 이상이 사라지고 새 살이 돋듯 차오르는 체력! 기쁜 상황임은 틀림없었지만, 한 번 굳혀진 카이의 안색은 펴질 줄을 몰랐다.

후욱, 후욱.

거친 숨을 빠르게 몰아쉬는 카이의 가슴은 터질 듯이 부풀어 오른 상태였다.

'전장의 사신 효과를 발동하지 못하니 스테미너를 회복할 수단이 없어.'

체력은 회복했으나 스테미너를 채울 시간이 한참이나 모자랐기 때문이다.

'원기 회복의 샘 정도로는 턱도 없어.'

아야나의 특제 포션도 모두 사용한 지 오래.

애초에 마법사와의 싸움에서 시간은 마법사의 편이다.

'결국 성검에 대해서 생각해 내는 법밖에 없어.'

답답함을 이기지 못한 카이는 열심히 검을 휘두르며 체란티아에게 물었다.

"말씀대로 전 패트릭의 모든 것을 물려받았습니다. 그의 독문 스킬과 독문 검법을 물려받았어요. 하지만 성검은 물려받지 못했습니다. 대체 어떻게 하라는 말씀이십니까?"

-그야 나도 자세한 건 알 수 없네. 으음…… 도움이 될지는 모르겠지만, 패트릭이라는 사람에 대한 설명이라도 들어보겠나?

이 상황에 무슨 소용이 있겠냐만, 카이는 고개를 끄덕였다.

'뭐라도 해봐야지.'

동의가 떨어지자 체란티아는 천천히 설명을 시작했다.

-예전에도 설명한 적이 있을 걸세. 패트릭은 공격이야말로 최선의 방어라고 생각하던 사람일세. 그리고 그는 검 한 자루로 세상을 평정하고 자신의 뜻이 옳았음을 증명했지.

"그럼 시미즈 님이나 체란티아 님이 틀렸다는 말입니까?"

-누구의 생각이 틀린 것이 아니네. 그저 다를 뿐이지.

"다르다……."

-사도들은 각자의 신념이 있네. 우리는 그 길을 따라 묵묵히 걸었고, 그 길의 끝을 본 자들.

시미즈는 아군의 보호를 최우선시했고, 체란티아는 죽어버린 이들의 영혼을 구제했다. 그리고 패트릭은 자신의 검으로 적이라 추정되는 모든 것들을 베어 넘겼다.

-그는 대륙에서 적이라고 할 수 있는 모든 것을 지워 버렸

네. 그러자 그의 소중한 것들을 건드리는 이들이 사라졌지. 공격은 최선의 방어라는 자신의 신념을 증명한 것이지.

"공격은 최선의 방어."

다소 과격하긴 하지만, 카이는 그 말에 공감했다.

-하지만 패트릭의 이명은 파괴가 아닌 광휘일세. 그 이유가 뭔지 아는가?

"어…… 글쎄요?"

단 한 번도 생각해 보지 않은 문제에 카이가 당황한 목소리로 반문했다.

'그러고보니 패트릭은 왜 광휘라고 불리지?'

본인이 광휘의 성기사를 사칭하면서도 단 한 번도 생각해 보지 않은 문제였다.

'광휘. 환하고 아름답게 눈이 부신다는 뜻인데…… 여명의 검법은 딱히 빛나지도 않아.'

그런데 패트릭은 왜 광휘라고 불리었을까.

체란티아는 그 답을 명쾌하고 간단하게 설명했다.

-패트릭은 교단 역사상 가장 많은 신성력을 보유했다고 일컬어지지. 그가 신성력을 뿜어내면 일대가 밝게 물든다고 하여 광휘(光輝)라는 이명이 붙은 걸세.

'교단 역사상 최대의 신성력이라.'

그것이 패트릭이 파괴나 말살 대신 광휘라는 이명을 손에 얻은 이유.

'적을 벤다.'

적을 베어 적을 없앤다. 새로운 적이 나타나면 새로운 적을 벤다. 그 단순한 행위가 끝나는 시점은 세계에서 자신의 적을 자칭하는 존재가 사라질 때뿐이다.

'사념과 대화할 때도 느꼈지만, 고지식한 양반이야.'

하지만 때로는 단순함이 더 끌리기도 하는 법.

눈을 번뜩인 카이는 지르칸의 마법을 베어내며 앞으로 걸음을 내디뎠다.

"음?"

자신의 마법을 막는데 급급하던 카이가 한 걸음씩이지만 천천히 자신에게 다가온다. 그 사실에서 불쾌함을 느낀 지르칸이 공격의 템포를 높였다.

"크윽……!"

과연 최상위권의 흑마법사. 보스룸에는 이미 기후라는 것이 사라진 상태였다. 눈 한 번 깜빡일 때마다 거센 눈보라가 몰아치고, 용암이 들끓으며 파도가 넘실거렸다. 그곳은 이미 이 세상 기후가 존재하지 않는 공간.

'패트릭의 검은 적을 베는 것이 최종 목적이 아니야.'

카이는 걸음을 내디디며, 지르칸의 마법을 쳐내면서 패트릭의 사고를 파고들었다.

'적을 소멸시켜서 아군을 보호하는 것. 그게 핵심이야.'

결국 패트릭의 검은 살검(殺劍)이 아니라 활검(活劍)이라는 뜻이다. 적을 죽이는 것이 아니라, 아군을 살리기 위해 휘둘러지는 검.

'그것이 교단의 성기사이자 사도인 패트릭이 걸어가는 길⋯⋯!'

그리고 그 길은 카이 본인도 걸어왔고, 앞으로도 답습하며 걸어가야 할 길이기도 하다. 그 단순명료한 사실을 깨닫는 순간, 카이의 몸에서 한 차례 빛이 터져 나왔다.

띠링!

[제3의 사도, 광휘의 패트릭이 생전에 검에 실었던 '신념'을 이해했습니다.]

[막대한 심득을 바탕으로 검술 숙련도가 대폭 상승합니다.]

[여명의 검법 스킬의 레벨이 고급 5레벨이 되셨습니다.]

[레전더리 스킬, '숭고한 심판의 검'을 획득하였습니다.]

"⋯⋯."

카이에게서 무언가 커다란 변화가 나타났다. 그것을 깨달은 지르칸은 잠시 공격을 멈췄다.

'격이 올랐다?'

저번에는 긴가민가했지만, 이번엔 확실하게 느껴졌다. 눈앞의 풋내기 모험가가 무언가 벽을 허물고, 새로운 경지를 개척했음이 피부로 느껴졌다.

따끔, 따끔.

지르칸은 눈을 크게 뜨며 자신의 두 팔을 내려다봤다. 대체 무슨 벽을 허물었기에 사람이 한순간에 이렇게 바뀌는지. 무엇이 위험하기에 자신의 피부가 이렇게 경고를 하는 것인지 알 수가 없었다.

"후우······."

그 시각, 카이는 자신의 눈앞에 떠오른 스킬 창을 확인하는 중이었다.

[숭고한 심판의 검]

등급 : 레전더리

숭고한 심판의 검, 프리우스를 소환합니다.

초당 1,000의 신성력을 소모합니다.

(이 스킬은 고급 여명의 검법 레벨 5와 신성 스탯이 1,500 이상이 될 때 사용할 수 있습니다.)

스킬 창을 확인하는 순간, 카이는 주저 없이 말했다.

"스탯 창 오픈. 신성 스탯에 남은 능력치 108개 추가."

신성 스탯이 1,500을 달성하는 순간, 온몸의 부정한 기운이 씻겨져 나가는 기분이 들었다.

"후우……."

전신을 사로잡는 고양감에 천천히 숨을 뱉어내고, 검집에 곱게 검을 집어넣은 카이는 오른손을 뻗으며 입을 열었다.

"숭고한 심판의 검, 소환."

파지지지직.

동시에 온몸에서 썰물처럼 빠져나간 신성력은 눈앞에서 물질화하기 시작했다. 잠시 후 만들어진 것은 고고한 백색의 검신을 띄고 있는 한 자루의 검. 일전에 지르칸이 들고 있던 것과 생김새가 동일했다.

'이것이 성검…….'

하지만 모양만이 같을 뿐, 검이 뿜어내고 있는 기운은 그야말로 천지 차이였다. 지르칸의 레플리카 성검이 뿜어내는 신성력이 호수였다면 카이의 검은 바다, 그 이상.

성검의 재림을 조용히 지켜보던 체란티아는 낮게 웃으며 기도했다.

-빛이 있으라.

"아니, 이게 대체 무슨……."

카이의 손에 들린 성검을 본 지르칸이 두 눈을 부릅떴다.

'그럴 리 없습니다. 성검은 제가 분명히 아공간에 보관해 뒀어요.'

타인의 아공간에 보관된 물건을 빼 오는 것은 애초에 말이 안 된다. 현재 상황을 파악하기 위해 지르칸의 손길이 분주해졌다. 순식간에 열린 아공간에서 한 자루의 검을 꺼내 드는 지르칸.

"……."

그는 날카로운 눈으로 자신의 성검과, 카이의 손에 들린 성검을 비교했다. 그러고는 깨달았다. 애초에 눈이 옹이구멍이 아닌 이상 누구나 알 수 있었다.

'제가 들고 있는 성검이 가짜로군요.'

미약한 신성력까지 담고 있기에 진짜인 줄 알았던 성검은 잘 만들어진 레플리카. 그 이상도 이하도 아니었다.

'……이거, 그렇다면 정말 큰일이네요.'

전투 시작 이후 처음으로, 지르칸의 얼굴에 식은땀이 고이기 시작했다.

'아무래도 지금부터는 긴장을 좀 해야겠군요.'

물론 성검 하나를 손에 쥐었다고 자신의 패배가 확정된 것은 아니다. 하지만 지르칸은 0%였던 패배 확률이 1%라도 생겨난 것에 충분한 위협을 느꼈다. 그 말은 절대로 질 수 없는 싸움이 질 수도 있는 싸움으로 바뀌었다는 소리니까.

그 시각, 카이는 멈춰 버린 시간 속에서 주변을 둘러보는 중이었다.

'뭐지, 이벤트인가?'

그 궁금증은 몇 초가 지나지 않아 풀렸다.

눈앞에 반짝이는 성갑을 입고 있는 기사가 나타났으니까.

-드디어 나와 선대들이 남긴 유산을 모두 모았군.

"……패트릭 님!"

기사의 정체는 광휘의 패트릭. 일전에 하녹스의 시련에서 모습을 본 적이 있기에 가까스로 기억을 할 수가 있었다. 그는 카이의 손에 잡혀 있는 성검을 쳐다보며 흐뭇한 표정을 지었다.

-이제 선대의 유산은 우리의 손을 떠나 자네의 손에 쥐어졌네. 우리의 시대는 이미 저물었고, 자네의 시대가 떠오르고 있지.

"경청하겠습니다."

-앞으로 자네가 걸어가야 할 길에는 악인들은 물론, 뮬딘교의 잔당과 마왕의 세력들이 도사리고 있을 것이네. 자네는 1대처럼 아군의 보호를 우선시할 수도, 2대처럼 영혼을 구제할 수도, 나처럼 적들을 모두 베어버려 후환을 없애 버릴 수도 있지. 물론 스스로의 신념에 따라 그 길을 걸어나갈 수도 있을 터. 선택은 자네의 몫이네.

'내가 믿는 신념, 나의 길이라.'

카이는 한 번도 생각해 본 적 없던 추상적인 무언가를 떠올리며 입을 꾹 다물었다.

　-내가 남긴 여명의 검법은 상승의 경지에 다다르면 성검을 소환해 낼 수 있지. 그것은 훗날 자네가 도달해야 할 마음의 검의 초석이 될 것이네.

　"마음의 검이요?"

　-베고 싶다고 마음먹은 상대를 베어내는 것. 그것이 마음의 검이네. 성검은 자신의 마음속에 존재하는 검을 끄집어내는 행위에 불과하지.

　아직 갈 길이 멀다는 뜻이다.

　패트릭은 멈춰 버린 시간 속에서 천천히 고개를 돌려 지르칸을 쳐다보았다.

　-아무래도 오늘은 길게 이야기할 시간이 없을 것 같군.

　"이야기는 앞으로 언제든지 할 수 있습니다."

　-그래, 언제든지. 하지만 이 말만은 꼭 전해주고 싶었네.

　패트릭은 잘생긴 얼굴로 환하게 웃으며 카이를 향해 입을 열었다. 그의 이명이 광휘인 것은 저 얼굴이 만들어내는 환한 미소 때문이 아닐까 하는 의심이 들 지경.

　-여태까지 정말 수고했다. 이제 그대의 검을 받아낼 수 있는 존재는 대륙에서도 손에 꼽을 것이다.

　"자만하지 않겠습니다."

　-그대에게 꼭 듣고 싶었던 말이로군. 고맙네. 앞으로도 계속

정진하며 이 땅의 정의를 수호해 주게.

그 말을 끝으로 패트릭의 신형이 천천히 사라졌다. 동시에
멈췄던 시간이 다시 흘러가기 시작했다.

-음? 축하하네.

체란티아는 멍하니 성검을 내려다보는 카이에게 인사를 건
냈다. 무의식적으로 그에게 무언가 변화가 생겼다는 것을 깨
달았기 때문이다. 하지만 카이는 눈앞에 떠오른 메시지창을
보기에 바빠 대꾸를 할 여유가 없었다.

[숭고한 심판의 검]

등급 : 이터널 레전더리

공격력 : 신성 스탯의 40% 고정.

힘 +50

민첩 +50

신성 +100

위엄 +50

악마/언데드에게 주는 대미지 +50%

내구도 감소 무시.

스킬 '광휘의 검' 사용 가능.

패트릭의 사념과 대화 가능.

착용 제한 : 레벨 350, 태양의 사제 클래스.

내구도 ∞

내용 : 광휘의 패트릭이 프리우스라는 이름을 붙여 사용하던 성검이다. 신성력으로 이루어져 있는 이 검은, 멸악(滅惡)과 파마(破魔)의 기운을 지니고 있다.

이 장비는 착용자와 함께 성장하는 장비입니다.

'정말 미쳤어.'

카이는 감탄이 절로 흘러나오는 아이템 정보에 입만 멍하니 벌렸다.

우선 가장 눈에 띄는 것은 단연 파격적인 공격력이었다.

'검의 공격력이 신성 스탯의 40%로 고정이라고?'

현재 카이의 신성 스탯은 1,500. 하지만 성검을 소환하고 있을 때는 무려 1,600으로 상승한다. 한 마디로 지금 이 상태에서 성검의 공격력은 무려 640을 웃돈다는 뜻.

'침묵하는 냉기의 롱소드 공격력이 최대 412였던 걸 생각하면 말도 안 되는 공격력이야.'

심지어 최소 공격력도 아니고, 최대 공격력이 412였다. 그렇다고 침묵하는 냉기의 롱소드가 저급한 장비인가 하면, 그건 절대 아니었다. 315레벨 제한이 붙어 있는 유니크 등급의 검은 구하고 싶어도 쉽게 못 구하는 수준이었으니까.

'성검 소환 스킬의 등급은 레전더리인데, 성검의 등급은 이터널 레전더리야.'

누군가가 레전더리 등급의 스킬을 보유하고 있다는 것은 금시초문. 그것을 증명하기라도 하듯, 이 말도 안 되는 업적 때문에 밀려 있던 알림이 물밀 듯 밀려왔다.

[유저 중 최초로 레전더리 스킬을 획득하셨습니다.]

[스페셜 칭호, '전설 기술 보유자'를 획득하셨습니다.]

[태양의 사제들이 남긴 모든 성물을 모아 세트 효과가 발동합니다.]

'아니, 전설 기술 보유자는 그렇다 치더라도…… 세트 효과라고?'

남들은 보기도 힘든 스페셜 칭호지만 카이에게는 이미 발에 치일 정도로 많다. 심지어 성물들의 등급은 모두 이터널 레전더리. 전례 없던 효과가 나올 것이 분명하기에, 흥미도는 이쪽이 압도적으로 높을 수밖에 없었다.

"세트 효과 확인."

[세트 : 사도의 길]

사도의 성물 세 개를 모두 장착할 시 효과 적용.

모든 스탯 +100

신성력을 소모하는 모든 스킬의 효과 +30%

모든 스킬의 신성력 소모량 -30%

"……!"

사람이 너무 놀라면 목소리조차 나오지 않는 법. 카이는 비명을 지르고 싶었지만, 어디선가 턱 하니 막혀 버린 목소리는 성대를 지나지 못했다.

'무, 물론 성물들을 모으는 게 원래는 미친 듯이 어렵겠지만……'

개발자들의 시나리오대로라면 성물들을 얻는 것은 그야말로 하늘의 별 따기. 멸망한 아인종들의 도시를 전전하면서 그들이 남긴 흔적들을 찾는 것은 기본, 때로는 뮬딘교와 전쟁을 벌이면서 하나씩 되찾아 와야 한다.

'그렇게 고생을 하면서 모았어도, 이 세트 효과를 보면 지난 고생이 눈 녹듯 사라질 거야.'

하물며 큰 고생조차 하지 않은 카이는 벅차오르는 감동에 눈물이 고일 지경이었다. 카이는 내친김에 전설 기술 보유자의 효과도 확인했다.

[전설 기술 보유자]

[등급 : 스페셜]

[내용 : 유저 중 최초로 레전더리 스킬을 획득한 자에게 주는 칭호.]

[효과 : 모든 스킬의 숙련도 상승 속도가 증가합니다.

(이 효과는 칭호를 장착하지 않아도 적용됩니다.)]

'이것도 좋아.'

모든 유저가 반드시라고 해도 좋을 정도로 고통스러워하는 것이 바로 스킬 숙련도 노가다. 헌데 이 칭호는 그 고통의 시간을 줄여주는 역할을 하고 있었다.

카이 입장에서는 두 팔 벌려 환영을 할 수밖에 없는 상황.

'그럼 이제 마무리를 짓자.'

카이가 슬며시 고개를 돌리자, 시선을 받은 지르칸이 몸을 움찔거렸다.

'제, 제가 겁을 먹었다고요?'

풋내기 모험가가 뿜어내는 상상 이상의 격. 그 기세에 순간적으로 몸이 겁을 먹은 것이다. 하지만 지르칸은 그 사실을 받아들일 수가 없었다.

'저는 마왕 앙골 모아 님의 피를 하사받은 흑마법사. 고작 모

험가 따위에게 겁을 먹는 건 어불성설입니다.'

카이가 환골탈태에 가까운 힘을 아무렇지도 않게 흩뿌리듯, 지르칸도 전력을 이끌어냈다.

콰드드드드드득!

지르칸의 전신에서 짙은 어둠의 마나가 넘실넘실 흘러나왔다. 일반인조차 육안으로 구별해 낼 수 있을 정도로 선명한 어둠의 마나. 철창 속에 갇혀 그 모습을 쳐다보던 카룬달이 공포에 몸을 떨었다.

"으음……. 강한 줄은 알고 있었지만…… 설마 저 정도일 줄이야!"

그는 곧장 경고를 할 요량으로 카이를 쳐다봤다. 하지만 카이를 쳐다보는 순간, 왠지 모르게 입이 꾹 다물어졌다.

'겨, 경고를 해야 하는데…….'

왜일까? 카이를 쳐다보는 것만으로 빠르게 뛰던 심장이 차츰 안정을 취해갔다. 그뿐만이 아니라 카이가 질 것 같지 않다는 이유 모를 신뢰가 무럭무럭 피어올랐다.

"요란하네."

지르칸이 뿜어내는 사나운 마나를 쳐다보던 카이가 짤막한 평가를 내렸다.

──광장히 삭막한 반응이군. 저 정도 수준의 흑마법사는 내가 살던 시대에도 드물었네.

"그래서 제가 조심해야 할 수준인가요?"

체란티아가 낮게 웃는 목소리로 대꾸했다.

-물론 그건 아니지. 가서 찢어라.

"예."

가볍게 고개를 끄덕인 카이는 거침없이 앞으로 걸어나갔다. 그 어떤 기교도 섞이지 않은 평범한 걸음이었다.

"크윽!"

하지만 카이를 마주한 지르칸은 그 평범한 걸음에서 엄청난 압박감을 느꼈다. 현재 그의 눈에 보이는 카이는 자신의 목숨을 거두러 오는 저승사자와 다를 게 없었으니까.

"얌전히 죽으십시오!"

지르칸의 간절한 부탁과 동시에 사납게 요동치던 그의 마나가 수백 개의 창으로 변했다. 스킬 하나하나가 랭커들도 일격에 사망하게 만들 수 있는 강력한 마법이다.

쉐애애애애액!

카이를 향해 쇄도하는 수백 개의 어둠의 창. 자신에게 날아드는 공격들을 쳐다보던 카이는 본능적으로 중얼거렸다.

"스킬 사용, 광휘의 검."

동시에 카이가 쥐고 있던 성검. 일찍이 패트릭이 프리우스라 명명한 성검의 검신이 밝게 빛나기 시작했다.

'이건…… 신성력?'

검신을 뒤덮은 것은 밀집된 신성력. 그것은 보통의 신성력과는 근본부터가 남달랐다.

화아아아악!

날아오던 어둠의 창들은 광휘의 검 앞에서 기세가 크게 꺾였다. 카이는 기계처럼 걸어나가며, 검을 휘둘렀다. 그때마다 속절없이 잘리며 흩어지는 어둠의 창.

'이대로는……!'

위기감을 느낀 지르칸은 자신이 동원할 수 있는 모든 마법을 동원했다.

"다크니스 포그!"

"헬 파이어!"

셀 수도 없이 많은 마법이 카이를 향해 쏘아졌다. 개중에는 카이가 익히 알고 있는 마법도 있었고, 생전 처음 보는 마법도 있었다. 공통점은 단 하나, 바로 성검 앞에서는 모두 평등하게 사라진다는 것뿐이었다.

"크윽!"

결국 지르칸이 최후의 최후에 선택한 것은 다름 아닌 인질극이었다.

"머, 멈추십시오."

지르칸은 왼손을 카룬달이 갇혀 있는 철창을 향해 뻗었다.

"한 걸음만 더 다가오면, 철창이 가시로 변해 저 드워프를 갈

기갈기 찢어버릴 겁니다."

우뚝.

제자리에 우뚝 멈춰선 카이는 가만히 지르칸을 쳐다보았다. 현재 그가 느끼는 감정은 다름 아닌 허탈함이었다.

'개인의 강함이란 것은 결국 이렇게 덧없는 건가.'

아까까지만 해도 세상 무서운 줄 모르고 강대한 힘을 자랑하던 지르칸이었다. 하지만 자신이 이 세상에 성검을 불러낸 순간, 그의 강력함은 빛이 바랬다.

'결국 강함은 상대적인 거야.'

자신이 아무리 강력하다고 해도, 상대방이 자신보다 강하다면 자신은 약자가 된다. 그리고 추락한 강자의 추한 모습에 카이는 쓴웃음을 지으며 검을 늘어뜨렸다. 그 모습을 수긍으로 받아들인 지르칸의 눈동자에는 희망이 넘실거렸다.

'좋아. 이대로 거리를 유지하면서 후퇴하기만 하면……'

놈도 지쳐 있을 터. 동료들을 모아서 다시 한번 놈을 치면 그때는 확실히 죽일 수 있을 것이다.

이것은 도망이 아닌 전략상의 일보 후퇴일 뿐. 지르칸은 오른손으로 교묘하게 텔레포트 마법을 캐스팅하기 시작했다.

-두고 볼 텐가?

"……아뇨."

고개를 천천히 흔들어 보인 카이는 검 손잡이를 꽉 쥐었다.

"움직이지 마십……!"

무언가 위험을 느낀 지르칸이 경고를 하려는 순간, 그는 자신의 목소리가 나오지 않는다는 것을 깨달았다.

'어, 어느새……?'

울컥.

지르칸은 자신의 목에서 분수처럼 터져 나오는 피를 쳐다보며 어지러움을 느꼈다. 언제 다가와서 자신의 목을 베었는지, 그는 카이의 움직임을 보기는커녕 느끼지조차 못했다.

"그럼 잘 가라."

카이는 두 손으로 성검을 움켜잡고는 그대로 지르칸의 심장에 찔러 넣었다.

푸욱!

"커헉……!"

자신의 몸속에 가득 퍼지기 시작한 신성력을 느끼며, 지르칸은 의식이 멀어지는 것을 느꼈다.

'이, 이런 말도 안 되는…….'

대륙에 악명을 떨치던 자신이 풋내기 모험가에게 최후를 맞이하다니.

하지만 지르칸은 다가오는 죽음 앞에서도 미소를 지었다.

'뮬딘교…… 터무니없는 강적을 만나겠군요.'

그 재미있는 장면을 직접 보지 못한다는 것이 마지막 아쉬움으로 남을 뿐.

옅어지는 의식 속에서 지르칸은 천천히 눈을 감았다.

'먼저 가겠습니다, 마왕님.'

그리고 그 눈은 두 번 다시 뜨여지지 않았다.

71장
영혼의 인도자

　미드 온라인에서는 사냥이 끝날 때마다 늘 치러야 하는 과
정이 있다.

　그것은 바로 전리품 루팅.

　물론 이 과정을 싫어하는 유저는 없다고 보면 된다. 특히 보
스처럼 강력한 적을 처치한 유저라면 더욱 그렇고, 그 전리품
을 혼자 독식할 수 있는 유저라면 더더욱 그렇다.

　[마왕 추종자, 웃는 얼굴의 지르칸을 처치하셨습니다.]

　[대륙의 공적으로 선포되어 있어 현상금이 걸려 있는 대상입
니다.]

　[현상금은 모험가 협회에서 수령하실 수 있습니다.]

　[지르칸의 죽음에 마왕의 세력이 당신의 존재를 거북해합니다.]

[마왕 추종자들과 적대 상태가 되었습니다.]

[마왕 추종자들은 언제든지 당신에게 암살자를 보낼 수 있습니다.]

[태양신 헬릭은 이 땅에 정의를 바로 세운 당신을 칭찬합니다.]

[선행 스탯이 30 상승합니다.]

[태양 목격자의 효과로 선행 스탯이 15 추가로 상승합니다.]

[레벨이 올랐습니다.]×31

[스탯 포인트를 155개 획득합니다.]

[지르칸의 그림자 로브를 획득합니다.]

[지르칸의 마력 증폭 팔찌를 획득합니다.]

[스킬 북-헬 파이어를 획득합니다.]

[스킬 북-다크 스피어를 획득합니다.]

[던전 지도-타락의 성지를 획득합니다.]

"좋네."

카이는 방긋방긋 미소를 지으며 전리품들을 확인했다.

'스킬 북은 두 개 다 유니크. 그리고 로브랑 팔찌도 유니크네.'

모두 카이가 사용할 일은 없지만, 매우 비싼 가격에 팔릴 것이 불 보듯 뻔한 장비들.

'서버에 하나씩밖에 없는 아이템들이야. 못해도 개당 1억 이상씩은 받아낼 수 있어.'

특히 지금은 공성전이 유행하는 전쟁의 시기. 전력 강화를 위해 고급 장비를 사고 싶어 하는 랭커들은 줄을 섰다. 여태까지는 살 만한 물건이 없어서 지갑을 열지 않았을 뿐.

이 정도 가치의 아이템들을 보여준다면?

'사고 싶어서 안달이 나겠지.'

카이는 슬슬 모아놓은 돈으로 무엇을 해야 할지 고민이 되기 시작했다.

'통장에만 50억이 넘게 있는데……'

은행 이자율은 기껏해야 2% 수준. 50억을 넣어둬도 1년에 들어오는 이자는 고작 1억이라는 뜻.

"뭐, 언제든 쓸 때가 오겠지."

돈은 없을 때가 문제이지, 넘칠 때는 여유롭게 때를 기다려도 되는 법이다.

-신나 보이는군.

아직 강림 스킬의 지속 시간이 남아 있었는지, 체란티아가 말을 걸었다.

"예. 선물 받고 싫어하는 사람은 없으니까요."

-그렇다면 내가 더 큰 선물을 줄 수 있을 것 같군. 지르칸의 시체를 보게나.

"지르칸의 시체……?"

고개를 돌린 카이는 식어버린 지르칸의 이마 부근에서 무언가가 빛나는 것을 목격했다.

"이게 뭡니까?"

-뭐겠나. 이제 그대에게도 영혼을 인도할 기회가 찾아왔다는 뜻이지.

"영혼의 인도요?"

-성환에 담긴 나의 기술은 잊지는 않았겠지?

"아……."

분명 성환 페트라에는 영원한 안식이라는, 체란티아의 고유 기술 중 하나가 담겨 있었다. 여태까지는 어떻게 사용하는지 몰라서 한 번도 사용하지 못했던 스킬.

'그게 죽은 사람에게만 사용할 수 있는 스킬이었나?'

카이가 멀뚱멀뚱 지르칸의 시체를 쳐다보고 있자, 체란티아가 재촉했다.

-이런, 늑장 부리다가는 그의 영혼이 소멸할 수도 있네. 서두르게.

"예. 그럼 바로…… 영원한 안식."

스킬을 사용하자 성환이 밝게 빛나기 시작했다. 동시에 지르칸의 이마 부근에서 반짝이던 무언가를 그대로 흡수했다.

띠링!

[영원한 안식을 사용하셨습니다.]

[지르칸의 영혼을 불러냅니다.]

-으음…….

피곤한 목소리로 자리에서 일어난 지르칸은 카이를 쳐다보더니 소스라치게 놀랐다.

-당신……! 그래요! 저는 당신과 한창 싸우던 중에……?

그의 성검을 꺾지 못하고 죽임을 당했다.

그 사실을 떠올린 지르칸은 황급히 제 몸을 내려다봤다.

-아아…….

현재 그의 몸은 카이가 영체화를 사용할 때처럼 반투명한 상태였다. 지르칸은 눈을 감고 누워 있는 자신의 시체를 쳐다보며 쓸쓸한 미소를 지었다.

-꿈이 아니었군요

"응, 넌 죽었어."

-다크 스피어.

울컥한 지르칸이 곧장 마법을 사용했지만, 당연하게도 현재 그는 한 줌의 마나도 없는 영혼. 주문이 시전되는 일은 일어나지 않았다.

"포기하고 앉아. 너 죽었다니까."

-……후우. 절 불러낸 용무는 뭡니까. 조롱이라도 하고 싶으신 겁니까?

자신의 죽음을 담담하게 받아들인 지르칸은 바닥에 털썩 주저앉으며 물었다.

"그야…… 아니, 죽었는데 어떻게 이렇게 침착하지?"

-이미 죽은 마당에 침착하지 못할 이유는 어디 있습니까.

"아……."

역시 마법사들은 머리의 나사가 하나씩 빠져 있는 기분이다. 저도 모르게 납득을 마친 카이는 지르칸의 시선을 슬쩍 피했다.

'그럼 나는 이제 뭘 어떻게 해야 되는 거지?'

영혼의 인도라는 걸 왜 해야 하는지도, 어떻게 해야 하는지도 모른다. 체란티아가 하라고 하니 등 떠밀려 했을 뿐.

-카이여. 무언가를 믿는다는 것은 좋은 것이지.

체란티아의 뜬금없는 발언에 카이는 고개를 갸웃거렸다.

'저도 그렇게 생각합니다. 그런데 왜 갑자기 그런 말씀을?'

-지치고 힘들 때 의지하고, 믿을 수 있는 존재가 있다는 건 커다란 축복일세. 하지만 그 존재가 마왕이나 악신이라면 이야기는 달라지지. 특히 저 지르칸이라는 흑마법사의 강함은 비정상적이야. 분명히 마왕의 피를 흡수했을 걸세.

'그걸 흡수하면 뭐가 달라집니까?'

-마왕은 물질계가 아닌 지옥의 존재. 그 피를 흡수한 자의 영혼은 물질계와 지옥의 경계선에 놓이게 되지.

어려운 말이다. 하지만 카이는 잠시 고민을 한 끝에 결론을 내렸다.

'잘은 모르겠지만, 영혼이 경계선에 놓이면 애매해지지 않습니까?'

-맞네. 그리고 신들께서는 그렇게 애매해진 영혼들을 하나도 빠짐없이 소멸시켜 버리지.

'영혼의 소멸……'

-소멸당한 영혼에게는 죽음 뒤에 있을 낙원도, 환생의 기회조차도 없네. 그저 무(無)로 돌아갈 뿐.

'악을 섬긴다는 건 상상 이상으로 무서운 일이군요.

-맞네. 그러니 그를 한번 잘 설득시켜 보게.

'설득이라뇨?'

-내가 준 정보들을 가지고 그와 협상을 해보게. 그대는 영혼을 인도하여 안식을 내려주는 나, 체란티아의 후예이기도 하니 잘 할 수 있을 걸세. 마지막으로 힌트를 주자면, 빛의 군단에 소속된 빛의 전사들도 대부분은 나의 적이었던 존재들일세. 음. 그럼 이만 가봐야겠군……

강림 스킬의 지속 시간이 때마침 끝났는지, 체란티아의 목소리가 부드럽게 흩어졌다.

'체란티아도 자러 간 건가.'

끄응. 지끈거리는 이마를 꾹꾹 누른 카이는 눈앞의 지르칸을 쳐다봤다.

'지르칸과 협상을 하라고?'

협상이란 서로가 주고받을 것이 있을 때 이루어지는 행위다. 하지만 카이는 눈앞의 영혼에게 받을 것도, 줄 수 있는 것도 없었다.

'아니, 받을 것이 아예 없지는 않을 거야.'

마왕의 세력에 대한 정보. 그리고 지르칸 정도의 흑마법사라면 꿍쳐놓은 던전이나 재보들도 상당할 터.

생각을 마친 카이가 천천히 입을 열었다.

"너를 부른 이유는, 마왕의 세력에 대한 정보와 네 재산이 탐나기 때문이야."

-…….

카이의 솔직한 발언에 지르칸은 입을 쩍 벌렸다.

-지, 지금 그게…… 저를 죽인 사람이 할 말입니까?

"하지만 넌 나쁜 놈이었잖아."

-웃기는군요. 대체 그 선과 악은 누가 정하는 거죠? 그건 지극히 주관적인…….

"맞아. 내 기준으로 넌 나쁜 놈이었다는 소리지. 너 죄 없는 주민들도 자주 학살했잖아."

할 말이 없어진 지르칸은 관심이 없다는 표정으로 고개를 흔들었다.

-당신에게 패하여 죽은 것은 인정합니다. 하지만 자존심도 없이 당신의 요구를 들어줄 이유는 없습니다.

"자존심? 무슨 소리를 하는 거야. 나는 거래를 하자고 제안하는 거야.

-하, 이미 죽어 영혼이 되어버린 저에게 대체 무엇을 줄 수 있지요?

"네 영혼이 소멸하는 걸 막아주지."

멈칫.

한껏 여유를 부리던 지르칸의 표정이 살짝 굳어졌다. 그 표정을 빠르게 읽어낸 카이는 지르칸이 생각할 틈을 주지 않고 몰아붙였다.

"너도 알지? 마왕의 피를 탐한 자의 영혼이 어떻게 되는지."

-…….

"이성적으로 생각해 봐, 넌 벌써 죽었어. 그리고 이대로 있으면 곧 영혼까지 소멸되겠지. 그렇게 되면 앙골 모아인지 앙팡모아인지가 널 기억이나 할 것 같아? 네 죽음을 애도하며 기일마다 국화꽃이라도 줄 것 같냐고.

[중급 화술 스킬로 인해 지르칸의 평정심에 금이 갑니다.]
[지르칸이 앙골 모아에 대한 조그마한 의심의 싹을 틔워냅니다.]

'이 녀석, 보기보다 멘탈이 약하네.'

쾌재를 부르는 카이와는 달리, 한참이나 고민을 하던 지르칸은 천천히 입을 열었다.

-당신에게 협력하면, 영혼의 소멸을 어떻게 막아주겠다는 겁니까.

"간단해. 네 영혼을 내 빛의 군단에 소속시켜주지."

-빛의 군단이라니? 지금 저보고 자신을 죽인 이를 위해 싸우라는 겁니까?

"그게 유일한 방법이야. 선택은 네 몫이고."

말을 마친 카이는 더 이상 할 말이 없다는 듯 눈을 감아버렸다. 지르칸은 입술을 달싹거리며 무어라 말을 하고 싶었지만, 이내 입을 다물었다.

고민이 이어지기를 한참.

마침내 결정을 내린 지르칸이 천천히 입을 열었다.

-제안은 거절하겠습니다.

"……!"

누구라 해도 죽음 앞에서는 공포를 느낄 수밖에 없다. 하물며 영혼이 소멸한다는 것을 알고 있을 때 느껴지는 공포는 얼마나 거대할까. 그러나 그는 그 공포를 받아들였고, 자신의 제안을 거절했다.

설마 그가 거절할 줄이라고는 상상도 하지 않았던 카이가 눈을 깜빡였다.

"이유는?"

-지칩니다. 타인을 위해 평생을 살았는데, 죽어서까지 내가 아닌 남을 위해 살기는 싫습니다. 어차피 죽은 마당에 충성을 져버리는 것도 모양새가 영 마음에 들지 않습니다.

"그럼 협상은 결렬인가?"

-예. 이제 절 어쩌실 생각이십니까.

지르칸은 자신의 결정에 그 어떤 후회도 없다는 듯, 시원한 미소를 짓고 있었다. 그런 그를 가만히 쳐다보던 카이는 고개를 흔들었다.

"아무것도."

-……예?

"아무것도 안 한다고. 태양교의 교리는 자비롭거든. 오는 사람 안 막고, 가는 사람 안 붙잡아."

오히려 카이는 태양교의 성호를 그리며 지르칸을 위해 기도를 하기 시작했다.

-지금 대체 무슨……?

설마 태양교의 사제가 자신을 위해 기도해 줄 줄은 몰랐던 지르칸이 깜짝 놀란 표정을 지었다. 기도를 마친 카이는 올곧은 눈빛으로 지르칸을 똑바로 마주했다.

"넌 진짜 나쁜 새끼였지만, 마지막은 그럭저럭 멋있었다고 내가 기억해 줄게."

-기억이라······.

곧 존재 자체가 소멸되는 자에게 있어서 누군가에게 기억된다는 건, 그 무엇보다도 커다란 위안이었다.

"덕분에 전직도 했고, 성물도 다 모았어. 그동안 고마웠다. 그럼 가는 길 편안하게 가라고."

-······후우, 열 받지만 어쩔 수 없지요. 피할 수 없으니 즐길 수밖에.

지르칸은 자신의 영혼이 서서히 깨져 나가는 것을 지켜보며 마지막 말을 남겼다.

-마지막으로 충고 하나 남기겠습니다. 모험가들을 믿지 마십시오.

"가는 순간까지 이간질이냐?"

-이간질이 아닙니다. 제가 뮬딘교와 손을 잡기 위해 그 쪽 교단을 방문했을 때, 그곳 소속의 모험가들을 몇 명 봤습니다. 당신 정도는 아니지만, 모험가들 기준으로는 최상급의 수준을 지니고 있었지요. 게다가 뮬딘교의 힘은 생각보다 훨씬 강력합니다. 명심하십시오. 그들은 자신들을 제외한 모든 세력과 전쟁을 벌일 준비를 마치고 돌아왔다는 것을.

"명심할게."

-저를 죽인 자에게 이런 말을 하게 될지는 몰랐지만······ 마지막 담화는 제법 즐거웠습니다.

"나도 나쁘지는 않았어."

지르칸이 그 말을 들었는지, 듣지 못했는지는 모른다. 그의 영혼은 이미 소멸당한 상태였으니까.

"기분이 뭐······ 나쁘지는 않네."

영혼을 인도한다는 것. 그것은 비단 영혼이 소멸되지 않게 막는다는 의미만은 아니었다.

[영혼과의 대화를 성공적으로 마쳤습니다.]

[비록 지르칸의 영혼은 소멸을 피하지 못했지만, 그는 당신과의 대화에 매우 만족했습니다.]

[그는 당신이 자신의 능력 중 일부를 이어받을 것을 소망했습니다.]

[지능 스탯이 30 상승합니다.]

[멀티 캐스팅 능력이 강화되었습니다.]

"······끝까지 이상한 녀석."

자신을 죽인 상대에게 고마움을 느끼고 유산까지 남기다니. 처음 만나던 순간부터 괴짜라는 생각은 했지만, 마지막까지 이럴 줄이야.

카이는 가만히 지르칸의 시체를 쳐다보더니, 홀리 익스플로전으로 시체를 소멸시켰다.

"이건 내 나름대로의 감사 인사야."

지르칸의 시체를 협회에 가져가면 현상금을 받을 수 있었지만, 카이는 그러지 않았다.

'그럼 이제 가볼까…….'

전투를 성공적으로 끝마쳤음에도 느껴지는 왠지 모를 아쉬움.

떠날 준비를 하는 카이의 귓가로, 머쓱한 목소리 하나가 들려왔다.

"저…… 일이 모두 끝났으면 이제 이것 좀 풀어주면 안 되겠나……?"

"……."

그는 자랑스러운 드워프들의 국왕, 카룬달이었다.

72장
휴식기

"그렇다면 그렇게 하지. 좋은 제안을 해주어 고맙네."

드워프들을 무사히 드워프들의 대피소로 데려간 카이는 카룬달과 악수를 나누었다.

"리버티아의 위치는 이곳입니다."

"호오, 괜찮은 지역이군. 그런데 이쪽의 산맥은 혹시……."

"광산입니다. 다양한 광물이 매장되어 있으니 여러분도 좋아하실 거예요."

"듣던 중 반가운 소리구만. 이곳의 정리가 끝나는 대로 연락을 하겠네."

"예, 그럼 그때 텔레포트를 도와줄 인력을 보내겠습니다."

드워프들의 리버티아 합류가 정해지는 건 순식간이었다. 그도 그럴 것이, 이미 잉가르트의 위치는 뮬딘교와 마왕 추종자들에게 발각된 상황이다. 그들이 언제 재침공할지는 누구도 몰랐기에 돌아가는 것은 불가능. 결국 카룬달은 일족의 미래를 생각해 보금자리를 옮기기로 결정했다.

'이것으로 당초에 구상하던 리버티아는 완성이야.'

인어와 엘프, 그리고 이제 드워프까지. 어디서도 쉽게 볼 수 없는 아인종들을 한 곳에서 볼 수 있는 곳은 리버티아가 유일하다.

'입소문을 한 번 더 타겠어.'

조만간 다시 한번 영지의 등급이 오를 것이라고 확신한 카이는 눈물겨운 가족 상봉을 하고 있는 드워프들을 바라보았다.

"엄마! 아빠!"

"이제 절대로 저 두고 다른 데 가면 안 돼요?"

"물론이지 욘석아. 핏덩이 같은 널 두고 우리가 가긴 어딜 간다고 그래."

"밥은 잘 먹었고? 어휴, 내 새끼 마른 것 좀 봐."

마치 이산가족이라도 상봉한 것처럼 눈물 콧물을 쏟아내며 서로를 끌어안는 드워프 가족들!

그 모습에 코끝이 찡해진 카이는 콧잔등을 긁으며 생각했다.

'슬슬 올 때가 되었는데?'

시간을 확인하며 무언가를 기다리는 카이.

"이번에 몇 개나 터뜨렸으려나……."

혼자 중얼거리는 카이의 눈앞으로, 그가 기다리던 알림 폭격이 떨어졌다.

띠링!

[뮬딘교로부터 드워프 일족을 성공적으로 구출했습니다.]

[메인 에피소드 : '부러진 망치' 퀘스트 발동 조건이 소멸했습니다.]

['부러진 망치' 에피소드가 소멸됩니다.]

[관련된 하위 퀘스트 1,859개가 소멸됩니다.]

[태양신 헬릭은 드워프들의 감동적인 상봉을 지켜보며 눈물을 닦을 손수건을 찾습니다.]

[선행 스탯이 40 상승합니다.]

[태양 목격자의 효과로 선행 스탯이 20 추가로 상승합니다.]

[드워프 일족과의 우호도가 최고치를 갱신합니다.]

[그들은 당신의 일족의 은인으로 여기며, 당신이 하는 부탁을 거절하지 않을 것입니다.]

"60개인가."

만족스러운 표정으로 고개를 끄덕이는 카이. 하지만 그는 이내 아쉬운 표정을 지었다.

'이제 아인종들은 모두 해방시켰어. 그럼 당분간 선행 스탯

이 크게 오를 일은 없다는 건가?'

요컨대 스케일의 문제였다. 불행에 빠진 개인을 도와줘도 선행 스탯은 오르겠지만, 수치는 1개에서 2개 정도.

'반면에 일족의 멸망과 비견되는 스케일이라면, 최소 20개부터 시작이지.'

부패한 영주들만 골라서 찾아다니지 않는 이상, 카이의 성장 속도는 대폭 느려진다는 소리.

"하긴, 지금 수준만 유지해도 문제될 건 없지만."

조용히 중얼거리던 카이는 오랜만에 랭킹 표를 열었다.

[Rank No. 1. 카이 LV. 413]

[Rank No. 2. 유하린 LV. 342]

[Rank No. 3. 다크샤 LV. 328]

……

랭킹 2위와 3위가 14레벨 차이가 나는데, 1위와 2위는 무려 70레벨이 넘게 차이 난다. 하지만 이 말도 안 되는 수치에도 불구하고, 커뮤니티는 예전처럼 소란스럽지 않았다.

-또 혼자서 레이드 보스 잡거나 전쟁이나 하고 있는 거겠지.

-뭐야. 평소랑 똑같잖아. 신경 쓸 필요는 없겠네.

-혹시 언노운의 모험 같은 거 특집으로 방송해 주지 않으려나? 해주면 대박인데.

└언노운이 뭐가 아쉬워서 그런 방송을 하겠어? 이미 돈이나 명예는 차고 넘치는데.

└맞는 말이야. 언노운은 스테디셀러 동영상만 만들기로 유명해. 업로드한 지 몇 달이 지난 영상들도 간간이 랭킹 100위 안에 들어올 정도로 꾸준히 팔린다고. 모르긴 몰라도 이제 자산이 최소 수백만 달러일걸?

이미 플레이어들은 카이의 비정상적인 플레이와 강함에 충분히 면역이 된 상태였다. 우스갯소리로 미드 온라인 랭킹 1위는 신의 것이고, 2위부터가 인간계 랭킹이라는 말이 나돌아다닐 정도였으니까.

'그렇다면 유하린이 인간계 랭킹 1위인 건가?'

피식 웃음을 짓던 카이는 랭킹 표를 잠시 훑어보았다.

'못 보던 사이에 순위권에도 변동이 조금 있었네.'

우선 최상위권을 독식하던 세계 10대 길드 소속 랭커들의 순위가 크게 떨어졌다. 물론 그 이유를 유추해 내는 건 생각보다 어렵지 않았다.

'공성전 때문이겠지.'

길드 소속의 랭커들은 사냥을 포기하고 길드의 이익을 위해 공성전에 참여했다. 당연히 하위권과의 격차가 줄어들었고, 이내 추월당할 수밖에.

하지만 장기적으로 보면 큰 손해는 아닐 것이다. 점령한 성에서 다달이 걷는 세금은 시간이 지날수록 그들을 강력하게 만들어줄 테니까.

'그것만이 이유는 아닐 거야.'

아예 처음 보는 이름들도 랭킹 표에서 제법 눈에 보이기 때문이다.

"흐으음……."

카이는 턱을 만지작거리며 눈을 가늘게 떴다.

'일반적인 방법으로 랭킹을 뒤집는 건 불가능해.'

랭커들은 모두 천부적인 재능을 타고났다. 더군다나 그런 이들이 방심하지 않고 노력까지 겸비하며 경쟁하는 곳이 바로 최상위권 랭킹.

그런데 처음 보는 이들이 갑자기 등장한다?

'이유는 하나겠지.'

그들이 모두 유하린처럼 괴물이 아닌 이상, 히든 클래스를 획득한 것이 분명하다.

"적이 되지 않았으면 좋겠는데."

자신의 바람을 중얼거리는 카이의 귓가로 익숙한 목소리가 들려왔다.

"여, 의뢰인. 벌써 왔어?"

고개를 돌리자 머리를 뒤로 묶어 올린 카밀라가 보였다. 시원하게 뻗은 그녀의 목선에는 땀이 송골송골 맺혀 있었다.

"일하던 중인가 봐? 땀 많이 흐르네."

"네 장비 만들던 중이었지. 드래곤 비늘이라는 게 생각보다 훨씬 다루기 힘들더라고."

"포기하고 싶으면 언제든 말해. 드워프한테 맡기면 되니까."

"와, 그 발언 굉장히 서운하다?"

"됐고. 장비는 언제 완성될 거 같은데?"

"길어봐야 게임 시간으로 일주일 정도."

예상보다 훨씬 빠르다. 카이가 눈살을 찌푸리며 그녀를 쳐다보자, 그녀가 방방 뛰었다.

"뭐야, 그 눈빛은! 누나 못 믿어?"

"빨라도 너무 빠르니까…… 진짜 믿어도 되는 거 맞지?"

"흥. 히든 클래스의 능력 중 하나라고 생각해. 결과물은 확실할 테니까 의심 좀 그만하고. 어이없어 진짜!"

토라진 듯 몸을 휙 돌려 떠나가던 카밀라는 눈물을 보이는 드워프들을 쳐다보더니 우물쭈물 다시 등을 돌렸다.

"그리고…… 드워프족 구출…… 고, 고마워."

"별말씀을."

그녀와 함께 드워프들을 쳐다보던 카이는 오랜만에 가슴이 따뜻해지는 것을 느꼈다.

"후우……."

페가수스 사의 사장, 마르코의 한숨이 회의실을 가득 채웠다. 아무리 자유의 국가라 불리는 미국이라도, 직원들은 결국 사장의 눈치를 볼 수밖에 없는 법. 회의실의 임원들은 눈알만 굴리며 숨조차 조심스럽게 뱉어냈다.

"박사. 놈의 레벨이 벌써 400이라고?"

"넘죠. 정확히는 413입니다."

"미치겠군. 후우!"

답답함에 숨을 크게 뱉어낸 마르코가 정장 안주머니에서 시가를 꺼내며 직원들에게 흔들어 보였다.

"미안하지만 답답해서 한 대 피워야겠네. 다들 괜찮지?"

"물론입니다, 사장님."

"이럴 때 피우셔야지요."

"자네들도 답답하면 피워. 마음속에 낀 먹구름을 입으로라도 뱉어내야지. 안 그런가?"

"……."

"며, 면목이 없습니다."

마르코 사장의 허락이 떨어졌음에도 감히 담배를 꺼내는

간 큰 사람은 없었다. 그 먹구름을 만들어낸 존재가 무능한 자신들이라는 것을 모르는 이는 이 자리에 있을 자격이 없었으니까.

치이이이익.

눈치 빠른 비서가 빠르게 재떨이와 라이터를 가져와 마르코의 시가에 불을 붙였다.

"애꿎은 화풀이는 그만하고, 대책을 강구해 보지요."

"쓰읍. 후우우…… 화풀이라고?"

연기를 뱉던 마르코가 미간을 찌푸리며 고개를 홱 돌렸다. 시선의 끝자락에 잡힌 것은 짐 루이스 박사. 이 자리에서 마르코에게 그런 말을 뱉어내고도 무사할 수 있는 이는 그 정도뿐이었다.

"저들의 잘못이 아니잖습니까. 아니, 애초에 누구의 잘못도 아니지요."

"누구의 잘못도 아니다라…… 하지만 결과가 나왔으니 누군가는 책임을 지거나 해결해야 하네. 안타깝게도 이 문제는 해결할 수 있는 문제가 아니고."

그의 말대로였다.

한창 잘나가는, 그것도 랭킹 1위의 세계적으로 유명한 게이머를 사 측에서 제재한다?

심지어 명분도 없었다. 그저 그의 플레이가 매 순간 기발했고, 재능도 있었으며, 하다못해 운조차 그의 편이었을 뿐. 이걸 제재하면 당장 모든 게이머들이 들고일어날 것이 분명했다. 그 결과는 주가 그래프가 하락하는 것으로 나타날 것이고. 결국 해결할 수 없는 종류의 문제였으니 누군가는 책임을 져야 한다.

"마이크. 녀석이 날려 먹은 퀘스트가 벌써 몇 개지?"

"어…… 그, 그게……."

차마 입에 담을 수 없는 수치에 마이크가 쩔쩔매자, 짐 박사가 한숨을 내쉬며 대신 말했다.

"5,095개입니다."

"알려줘서 고맙네. 그래, 말 그대로 5천 개가 넘었어. 반만 개란 말일세, 반만 개!"

콰아앙!

회의실 책상을 쾅 내려친 마르코는 게임의 밸런스 팀을 이끌고 있는 맥스를 노려봤다.

"인어족과 엘프족의 실패를 밑거름 삼아 드워프 구출 퀘스트는 반드시 사수하고 성물도 카이의 손에 들어가지 않도록 하겠습니다. 자네에게 이 말을 들은 지 두 달도 되지 않았어."

"죄, 죄송……."

"대체 뭐가 문제인가! 조치는 충분히 했다고 하지 않았나?"

꿀꺽.

회의가 소집될 때부터 자신에게 화살이 돌아올 줄 알았던 맥스는 올 것이 왔다는 표정으로 자리에서 일어났다.

"예. 조치는 취했습니다만…… 카이의 실력이 상상 그 이상이었습니다."

"지금 그걸 변명이라고 하는 겐가?"

"우선 화면의 자료를 봐주십시오."

맥스가 조심스럽게 스크린을 켜자, 회의실의 조명이 자동으로 어두워졌다. 모두의 시선이 스크린으로 향했다.

"저희 밸런스 팀에서는 인어족과 엘프족의 실패를 몇 번이고 검토하고 충분히 학습했습니다."

스크린에는 카이가 인어족의 멸망 퀘스트에서 상대한 나가들의 레벨과 스탯. 그리고 당시 카이가 보유한 스킬과 스탯들이 구체적으로 나와 있었다.

"인어족 퀘스트 때는 확실히 저희들의 계산 밖이었습니다. 마법의 소라고둥과 불사 콤보는 게임을 개발할 때 저희는 물론, 슈퍼 A.I인 라무스조차 고려해 보지 않은 경우의 수였으니까요."

"그 콤보, 대비는 해뒀겠지?"

"예. 힘들었지만 개발팀과 손을 잡고 긴급 패치 데이터를 만들었습니다. 아마 다음 패치 때 적용이 될 거고, 카이에게도 직접 공지를 띄울 겁니다."

화면은 이어서 엘프족 퀘스트로 넘어갔다.

"솔직히 이때는 카이의 운이 좋았다고밖에 설명할 수 없습니다."

"그저 운이 좋았다?"

"포이즌 마스터. 그 스킬 북은 아오사만이 드랍하도록 설정되어 있었습니다만, 설마 카이가 아오사를 잡을 줄은 꿈에도 몰랐습니다."

"……그건 인정하도록 하지."

입을 꾹 다문 마르코 사장이 고개를 끄덕였다. 어느 누가 예상할 수 있었겠는가. 솔로 플레이어가 레이드를, 그것도 최소 길드 단위로 공략해야 하는 보스를 잡아낼 거라고는 그 누구도 생각하지 못했다. 당시 영상이 공개됐을 때의 파급력은 감히 세계를 뒤집어놓았다고 해도 과언이 아닐 정도.

"포이즌 마스터를 습득한 카이가 하필이면 태양의 사제인 것도, 게다가 하필이면 독에 중독된 루테리아와 만난 것도 말도 안 되는 행운입니다."

"후우……."

그야말로 말도 안 되는 행운들의 연속이다. 행운의 여신이 카이를 보살펴 주기라도 하듯, 그는 두 개의 성물을 너무나도 손쉽게 획득했다.

"그래서 저희 밸런스 팀은 카이가 세 번째 성물을 획득하는 것을 최대한 늦추고자, 드워프족 구출 퀘스트를 클리어하는 것이 불가능하도록 난이도를 대폭 상향시켰었습니다."

스크린이 다음 장으로 넘어갔다.

"우선 시나리오상 별 접점이 없어야 할 뮬딘교와 마왕 추종 자들의 세력이 동맹을 맺도록 유도했고, 사룡 시네라스와 웃는 얼굴의 지르칸이라는 보스들까지 시나리오에 대거 투입. 카이가 알면서도 손을 못 써야 마땅한 상황을 연출했습니다."

"……그런데 그걸 다 뚫고 드워프족을 구출했다고?"

"……예."

"정말이지 말도 안 되는 일을…… 후우."

치이이익.

재떨이에 시가를 강하게 지진 마르코 사장은 상체를 앞으로 두 손가락을 깍지꼈다. 그러자 어두웠던 회의실이 다시 밝아졌고, 그는 짐 박사에게 물었다.

"박사는 예전에 놈이 얼마 안 가서 직업을 박탈당할 거라 하지 않았나?"

"……."

그 부분에 대해서는 할 말이 없었기에, 짐 박사는 입을 꾹 다물었다.

"입만 다물고 있다고 해결될 문제가 아니니 박사 말대로 대책을 강구해 보자고. 이미 유저들은 첫 번째 메인 퀘스트에서 베이거스를 처치하고 뮬딘교의 존재를 파악했네. 게다가 두 번째 에피소드에서는 타락한 몬스터들을 해치우며 뮬딘교의 비밀 병기 중 하나인 자탄 레이드를 시도하고 있어. 자, 그럼 조만간 세 번째 에피소드가 열리겠지? 그러면 자연스럽게 네 번째 에피소드에 대한 단서를 뿌려야 해. 그런데 짜잔! 언노운 그 놈이 네 번째 에피소드를 아주 시원하게 날려 먹었다고. 빌어먹을 멸망한 영웅들의 흔적 에피소드 말이야, 젠장!"

"……사실 네 번째 에피소드만이 문제가 아닙니다."

"뭐? 그게 무슨 뜻이지?"

여기서 더 악화될 상황이 있다고?

마르코 사장이 두려운 표정을 지으며 박사를 처다봤다.

"이제 뮬딘교의 존재에 대해선 일반 유저들도 대부분 압니다. 메인 에피소드 퀘스트에서 그토록 단서를 줬으니 머리가 달려 있다면 알 수밖에 없지요. 게다가 언노운이 방송한 비르평야 전투에서도 뮬딘교가 드러났고, 말씀하신 자탄도 조만간 쓰러집니다."

"용건만 간단히 말해보게."

"뮬딘교의 세력은 날이 갈수록 약화되는데, 태양교의 전력이 건재해도 너무 건재합니다. 본래의 시나리오라면 뮬딘교의 내부 공작으로 부패한 태양교는 무너져야 하지요. 구심점을 잃은 대륙은 혼란에 빠지고, 그 공포와 무질서를 뮬딘교가 차례대로 먹어가면서 공포의 상징으로 떠올라야 합니다."

"하지만 카이가 교황의 목숨을 살려내면서 태양교는 오히려 단단해졌지."

"예. 이제 대륙을 공포로 물들일 타락한 교황은 없습니다."

"……"

다시 한번 회의실에 적막함이 찾아들었다.

"그뿐만이 아닙니다. 카이를 견제할 유저, 아니, 길드조차 없습니다. 게다가 그를 비호하는 태양교의 힘은 개편 이후 매우 강력해진 상태이지요. 이들이 구심점이 된다면, 뮬딘교가 패배할지도 모르는 일입니다."

"끄응. 그건 무슨 일이 있어도 막아야 해. 그렇지 않아도 대주주 영감들의 걱정이 이만저만이 아니야. 뮬딘교는 최대한 오래 버텨야 한다. 그건 절대적으로 지켜야 할 사항이야. 그래야 게임의 생명력이 길어져."

"물론 그러기를 바라야겠지요. 그리고 그걸 위해서 정식으로 요청하겠습니다."

"음? 무슨 요청인가?"

마르코 사장이 눈에 이채를 발하며 박사를 채근했다.

"이미 랭커들 중 몇 명이 히든 클래스 전직 퀘스트를 진행하고 있습니다."

"히든 클래스야 이미 널리고 널린……"

"모두 카이와 같은, 신화 등급의 직업들입니다."

"……!"

마르코 사장이 깜짝 놀란 표정을 짓자, 박사가 말을 이었다.

"그들이 성공적으로 전직에 성공한다면, 카이를 견제할 수 있을 겁니다."

"하지만 카이는 이미 전직한 지 반년이 넘었어. 그들이 신화 등급 직업을 손에 넣는다고 해도, 격차는 좁힐 수 없을 정도로 벌어진 상태일 텐데?"

"저는 미드 온라인을 완벽에 가까운 게임으로 만들었습니다. 좋은 직업은 있되, 절대적인 직업은 없습니다."

"그 말은?"

"태양의 사제가 아무리 강력하다고 해도, 상성마저 뒤집을 수는 없습니다. 애초에 스킬의 구성 자체가 그렇습니다."

"흐음. 그래서 정확히 무슨 허가를 해달라는 거지?"

"신화 등급의 전직 퀘스트 난이도는 극악에 가깝습니다. 그 난이도를 완화 조정할 수 있게 허가해 주십시오."

"……여우를 내쫓기 위해 호랑이를 불러들이는 꼴은 아니겠지?"

"지금 부르지 않는다면, 여우 한 마리가 산 전체를 먹어치워 버릴 겁니다."

그 말에 심각한 고민에 빠진 마르코 사장은 결국 고개를 끄덕였다.

"좋아. 허가하겠네. 하지만 괜찮겠나? 별의 몰락은 대중들이 원하는 시나리오가 아닐 수도 있어."

현재 카이는 누가 뭐라고 해도 세계적인 게이머이며, 하늘의 반짝이는 별이다. 혹시라도 그의 몰락이 주가에 약간이나마 영향을 끼친다면 페가수스 사로서는 곤란한 상황.

하지만 짐 박사는 마르코의 걱정에 고개를 갸웃거렸다.

"인공위성과 별은 똑같이 우주에 위치하지만, 두 존재를 같은 취급하는 사람은 없습니다."

만들어진 존재와 처음부터 그렇게 태어난 존재. 짐 박사는 카이를 인공위성에 비유했다.

"게다가 무대 위에 올라선 선수는 항상 싸워서 자신의 가치를 증명해야 하지요. 더 이상 상대할 이가 사라진 챔피언을 기다리는 건 고독과 은퇴뿐입니다. 아마 카이도 진심으로 자웅을 겨룰 수 있는 라이벌을 원하고 있을 겁니다."

만약 카이가 듣는다면 주먹부터 뻗을 소리를 태연하게 하는 짐 박사. 하지만 그의 말에 공감한 임원들은 멍하니 고개를 끄덕였다.

"하긴, 절대자는 고독하다는 말을 들어본 적이 있어."

"불쌍하군. 언노운은 절대적인 강함을 손에 넣은 대신 주변에 마음을 나눌 친구를 잃은 거야."

"애초에 친구가 없는 것도 당연해. 접속 시간을 보면 먹고 자는 시간 빼고 전부 게임에 투자한다고. 애인도 없을걸."

"크흑……."

졸지에 친구도, 연인도 없는 고독한 절대자가 된 카이!

마르코 사장은 한결 편안해진 표정으로 중얼거렸다.

"인간은 간사한 존재라더니, 해결책이 마련되니 모든 것이 좋게 보이는군. 그러고 보니 더 이상 구출할 아인종들도 없으니 카이의 성장도 정체되는 것 아닌가?"

"맞습니다. 물론 선행 스탯을 올리는 방법은 다양하지만……."

무언가를 곰곰이 생각하던 짐 박사는 피식 웃으며 고개를 흔들었다.

"하하. 아무리 카이라고해도 당분간 손댈 수 있는 컨텐츠는 없습니다. 아마 쥐 죽은 듯이 지내야겠지요."

"듣던 중 반가운 소리로군."

페가수스 사의 회의실에 환한 웃음꽃이 피던 시각, 카이는 설산을 방문한 상태였다.

"정말 감사합니다. 이 못난 동생 놈 때문에 마음고생한 거 생각하면…… 흐윽."

항상 어른스럽던 루나의 눈가에 물방울이 맺혔다. 그런 누나의 눈치를 보며 조심스럽게 입을 여는 동생 소라.

"앞으로는 절대 그러지 않는다니까요…… 제가 백 번 잘못했습니다. 누님."

카이는 설산에 위치한 코르도 마을에서 남매의 감사 인사를 받는 중이었다.

"당연히 해야 할 일이었지요. 그래도 늦지 않아서 정말 다행이었습니다."

만약 카이가 조금만 늦었어도 소라는 사룡에게 죽었을 것이다. 그때를 다시 한번 떠올린 소라는 몸을 부르르 떨었다.

"……그때의 저는 정말 무모했었군요."

"이해는 합니다. 하나뿐인 누나가 그런 저주에 걸렸다면 저라도 그랬을 테니까요. 루나 님 몸은 좀 어떠신가요?"

"아! 사룡을 처치해 주신 덕분에 저주의 낙인이 깨끗하게 지워졌답니다."

밝은 표정으로 자신의 팔을 어루만지던 루나가 들뜬 목소리로 답했다, 확실히 잔뜩 여위고 창백해 보이던 얼굴은 훨씬 생기가 가득 찬 상태.

"축하드립니다."

"아니에요. 모두 카이 님의 덕……."

"저기, 말하는 도중에 미안하네만……."

제3자의 목소리가 루나의 말을 비집고 들어왔다.

"······뭐죠?"

"당신들이 여기가 어디라고 오는 겁니까?"

카이 앞에서는 항상 사람 좋아 보이던 루나와 소라가 안색을 굳히며 퉁명스럽게 말했다. 그들의 목소리에는 누구나 알 수 있을 정도로 명백한 노기가 실려 있었다.

'반응들이 왜 이래? 이 사람은 분명······.'

아무리 소규모 마을이라고 해도, 키를 잡은 선장이 없으면 배는 나아가지 못한다. 코르도도 마찬가지.

카이의 기억에 따르면 눈앞의 노인은 코르도라는 배의 키를 잡은 마을의 촌장이었다.

"촌장님 아니십니까? 갑자기 어쩐 일이세요?"

카이가 차가운 공기를 환기시키며 부드럽게 말을 꺼내자, 촌장은 고맙다는 눈빛을 보내며 남매를 쳐다보았다.

"루나, 소라. 용서를 빌고 싶어서 이렇게 왔단다."

"하, 용서요? 나 몰라라 할 땐 언제고, 일이 다 끝난 지금에야 용서를 빌러 왔다고요?"

코웃음을 친 소라는 당장에라도 등에 멘 창을 뽑을 기세였다. 그런 동생을 가까스로 말린 루나는 차가운 목소리로 답했다.

"저에게 저주의 낙인이 찍히자마자 저희를 마을에서 쫓아내야 한다고 주장하시던 분이 용서를 입에 담으시다니. 생각보다 훨씬 뻔뻔하시네요."

"정말로 미안하다…… 하지만 그때는 우리도 방법이 없었어. 그저 공포에 질려 있었을 뿐이란다. 알다시피 우리도 너희처럼 지켜야 할 가족이 있는 일반인에 불과해. 혹시라도 사룡의 분노가 우리에게까지 미칠까 봐 두려웠어."

촌장이 힘겨운 목소리로 사과하자, 그를 따라온 마을 주민들도 하나씩 입을 열었다.

"설마 사룡의 저주가 하루아침에 사라질 줄은 몰랐지."

"저주의 낙인이 찍힌 사람과 한마을에 있으면 어떻게 될지도 모르는 일이고……."

"끄응, 무슨 변명을 해도 할 말이 없어. 아무튼, 너희들에게는 정말 미안하구나."

"지금 그걸 사과라고……!"

마을 사람들의 사과가 이어졌지만, 루나는 입술을 꽉 깨문채 두 주먹만 부르르 떨었다.

자신이 얼마나 힘들었던가. 저주의 낙인 때문에 하루하루 몸은 아파왔다. 따뜻한 보살핌을 받아도 모자랄 판에 그녀는 마을 사람들의 괄시와 압박을 받아왔다.

'마음 같아서는…….'

카이에게 의뢰해서 그들을 모두 혼내주고 싶었다. 하지만 그녀는 그들과의 옛정을 생각해서 가까스로 화를 참아냈다.

"됐어요. 말을 섞는 것도 불쾌하네요. 소라야, 짐 싸."

"알았어."

"자, 잠깐…… 짐을 싸다니? 그게 대체 무슨 말인가?"

"그럼 저희가 다시 얼굴을 맞대고 예전처럼 사이좋게 살 수 있을 것 같나요?"

"하지만 서로가 함께 노력하면……."

"그것부터가 싫어요."

카이는 설산의 살을 에는 바람보다 그녀의 목소리가 훨씬 차갑다고 생각했다.

"잘못은 여러분이 다 했는데, 왜 저희도 노력을 해야 하죠? 왜 수습을 같이해야 해요?"

"쯧. 역시 어리긴 어리구나. 어른들이 이 정도로 사과를 했으면 못 이기는 척 받아들여야……."

"입 닥쳐."

어느새 창을 뽑아 든 소라가 형형한 안광을 뿌리며 입을 연 주민을 위협했다.

73장
구원 투수

"어릴 때부터 함께 살았다는 조그마한 정. 그게 방금 전 당신의 목숨을 살렸어."

"히, 히익……."

소라는 이래 봬도 코르도 마을 제일의 전사. 그의 기세에 눌린 마을 주민들은 겁에 질린 표정으로 연신 뒤로 물러났다. 하지만 그것도 잠시, 머리끝까지 화가 난 주민들이 얼굴을 벌겋게 물들이며 소리쳤다.

"이이…… 이놈이 감히 무기를 겨눠?"

"미안한 마음 때문에 오냐오냐해 줬더니 머리끝까지 기어오르는구나!"

"부모도 없는 고아 새끼들을 그렇게나 신경 써줬거늘, 은혜를 이런 식으로 갚으려 들어?"

"마을의 제일가는 전사라고 해도, 이 머릿수를 상대로 싸움을 걸다니. 정녕 미친 게로군."

순식간에 험악해지는 분위기. 하지만 그 상황은 옆에서 지켜보던 카이에게는 희극이나 다름없었다.

'재미있네.'

마을 주민들의 행태가 얼마나 재미있는지, 헛웃음이 실실 흘러나올 정도다.

'내가 보기엔 주민들이 화낼 입장이 안 되는데 말이야.'

가끔 이런 식으로 본인의 위치를 망각하는 이들이 있다. 잘못을 저질러놓고도 말 몇 마디로 그것을 무마하려는 자들. 신기하게도 그런 자들은 똑같은 공통점을 지니고 있다.

'바로 자신들의 사과를 받아주지 않으면 도리어 화를 낸다는 점이지.'

자신이 자존심까지 버리면서 사과를 했는데 왜 안 받아주느냐. 그것이 저런 종류의 가해자들이 내세우는 공통적인 주장이다.

'웃긴 놈들이라니까.'

피해자의 마음은 당사자가 아닌 이상 그 누구도 이해할 수 없다. 가해자가 툭 던진 말조차 피해자의 가슴 속 응어리가 되어 평생을 가는 법이다.

'하긴, 그걸 알 만한 사람이라면 저런 잘못을 저지르지도 않

왔겠지.'

카이는 한 발자국 물러선 채 상황을 관망했다.

"후우. 결국 이렇게 되는 건가……."

더 이상 대화로 풀 수 있는 상황이 아니게 되자, 마을 촌장은 뒤로 물러나면서 말을 이었다.

"어렸을 적 돌아가신 너희 부모님의 얼굴을 봐서 최대한 좋게 해결하려고 했지만…… 너희의 뜻이 완강하니 어쩔 수 없구나."

말을 마친 그는 뒤쪽을 바라보며 정중하게 허리를 숙였다.

"그럼 위대한 전사분들께 부탁드리겠습니다."

"쯧. 그러게 처음부터 무력을 쓴다고 했거늘. 귀중한 시간만 버렸잖으냐."

"죄, 죄송합니다."

여우의 탈을 뒤집어쓴 근육질의 전사 두 명이 인파를 가르며 나타났다. 춥디추운 설산에서도 팔뚝을 훤히 드러낸 변태들. 하지만 루나와 소라는 그들을 보는 순간 웃기는커녕, 두려운 표정을 지었다.

"타, 탈을 쓰고 있는 전사라면……."

"지배자 일족!"

루나는 곧장 촌장을 노려보며 소리쳤다.

"당신! 설마 이자들에게 저희를……?"

"오해하지는 말 거라. 지배자께서 먼저 명령을 내리셨다. 사룡의 저주가 하루아침에 모두 사라졌으니, 사태 파악을 위해 낙인이 찍혀 있던 자들을 모두 데려오라고."

"어찌 됐든 우리를 팔아넘겼다는 소리잖아요!"

"……대화로 좋게 설득하려고 했는데 그 기회를 먼저 걷어 찬 건 너희였다."

"어떻게…… 어떻게 우리에게 이럴 수가……!"

루나와 소라는 배신감에 치를 떨며 촌장을 노려봤다.

"흐음. 저 여자인가? 사룡의 저주를 받았다는 여자가."

"예, 그렇습니다."

"남자 쪽은 뭐지?"

"친동생인데…… 제 누이를 끔찍하게 아낍니다. 이번에도 사룡을 죽이겠다고 뛰쳐나갔을 정도였지요."

"푸하하! 뭐? 사룡을 죽여?"

"웃기는 놈이로군. 아니, 주제 파악을 못 한다고 해야 하나."

어깨를 들썩이며 낄낄거리는 두 전사의 얼굴은 여우탈에 가려 보이지 않았다. 하지만 소라는 그들의 시선이 자신을 훑는 것을 느꼈다.

"호오? 하지만 자세히 보니……."

"그럭저럭 골격은 잡혀 있군."

"하지만 아쉬워. 가르치기엔 나이가 너무 많아."

소라를 마치 상품처럼 평가한 두 전사는 각자의 무기를 꺼내 들었다.

'창인가.'

카이는 그들이 꺼내 드는 무기를 쳐다보며 고개를 끄덕였다. 설산은 지역 특성상 몬스터들의 털과 가죽이 두껍다. 한마디로 검이나 도 같은 베기류 날붙이로 그들을 상대하는 건 상당한 수준이 요구된다는 뜻.

'그래서 설산의 전사들이 창을 주로 사용하는 거겠지.'

소라도 그렇고, 눈앞의 동물 탈 친구들도 그렇다.

"누이를 생각하는 마음은 가상하나, 네가 끼어들 일이 아니다."

"네 누이는 우리가 잠시 데려가도록 하지. 막는다면 죽음뿐이다."

전사들의 위협에 소라는 이를 꽉 깨물며 눈을 부릅떴다.

"가족을 데려간다는데 가만히 있을 멍청이는 세상에 없습니다. 보아하니 지배자 일족에서 나오신 분들 같은데, 어찌 저희를 핍박하십니까?"

"모든 건 설산을 지배하시는 샤크투스 님의 뜻이니 겸허히 받아들여라."

"서, 설산의 지배자께서……."

소라의 눈동자가 지진이라도 난 것처럼 흔들렸다.

그때까지 상황을 관망하던 카이는 소라의 옆에 나란히 서며 전사들을 바라보았다.

"……겁을 상실한 듯한 저놈은 뭐지?"

업무를 방해받은 전사 중 하나가 불쾌한 목소리로 촌장에게 물었다.

"지나가는 모험가 사제입니다. 일전에 마을에 들려서 진료소를 열었던 적이 있습니다."

"그렇군. 이제 기억이 나. 저 문양은 분명 태양인지 뭔지를 믿는 머저리들의 문양이었지?"

"따뜻하고 배부르니 별걸 다 믿는군. 우리가 숭상해야 할 것은 압도적인 무력뿐. 태양 따위를 믿다니 멍청한 놈이군."

그들은 태양교의 존재를 달갑게 여기지 않는 듯 카이를 비웃었다.

'이거, 헬릭이 듣고 있다면 열 좀 받겠는데…….'

아니나 다를까. 하루 일과가 간식을 먹고 카이를 지켜보는 것이 전부인 헬릭은 그들의 말에 곧장 반응했다.

띠링!

[헬릭이 여우탈 전사들의 언행에 몹시 불쾌해합니다.]
[헬릭이 대리인인 당신에게 긴급 퀘스트를 하달합니다.]

[괘씸한 작자들 혼내주기]

[난이도 : B]

[헬릭은 자신을 무시하는 여우탈 전사들이 마음에 들지 않습니다. 그들을 혼내 태양교의 위대함을 알리고, 헬릭의 불쾌한 기분을 달래주십시오.]

[성공할 경우 : 선행 스탯 1 상승.]

[실패할 경우 : 선행 스탯 3 하락.]

"……."

정말 이 아이가 태양신이라는 중책을 맡아도 괜찮은 걸까?

카이는 어린아이의 투정이나 다름없는 그녀의 요청에 한숨을 푸욱 내쉬었다.

[헬릭은 당신이 뱉어낸 한숨의 의미에 대해 곰곰이 생각합니다.]

누가 여자아이 아니랄까 봐, 눈치는 귀신같이 빠르다. 카이는 곧장 어깨를 으쓱거리며 검 손잡이에 손을 올렸다.

"아, 물론 안 한다는 건 아니고. 우리 태양신 님 욕하는 놈들은 모두 맴매 맞아야지."

게다가 긴급 퀘스트는 선행 스탯 한 개를 무료로 주겠다는 뜻과 다를 게 없었다. 길 가다가 돌멩이를 걷어차는 것과 눈앞의 전사 두 명을 눕히는 것. 카이에게는 별반 차이가 없는 행위였으니까.

물론 눈앞의 전사들은 그렇게 생각하지 않는 듯하다.

"허? 지금 태양 잡신을 믿는 샤먼 따위가 감히 내 앞에서 검에 손을 올려?"

"돌아도 단단히 돌았군."

[헬릭이 자신은 잡신이 아닌 태양신이라고 항변하며 억울함을 호소합니다.]

"아, 이런 대우는 굉장히 오랜만이라 그런지 신선한데?"

카이는 저들이 자신을 대하는 차가운 태도에서 그리운 옛 추억들을 되살렸다.

'언노운의 정체가 까발려지기 전에는 이런 대우 참 많이 받았었지.'

물론 얼굴이 팔린 지금은 도시에 출현하는 순간 사람들이 몰려들어서 정상적인 플레이가 불가능할 정도지만, 오크 토벌대에 참여했을 때만 해도 레벨이 낮다고 알게 모르게 무시를 받았었다.

여우탈 전사 중 하나가 한 걸음 앞으로 걸어 나오며 중얼거렸다.

"잡신을 믿는 사제라…… 산 아래쪽의 나약한 것들로부터는 존경과 대우를 받는다고 들었다. 하지만 이곳은 설산. 무력만 이 통용되는 자연의 세계에서는 그런 대우를 받을 수 없을 것이다."

여우탈 안쪽에서 전사의 눈빛이 매섭게 번뜩였다.

"주제 파악을 못 한 죄, 목숨으로 갚아라."

쇄액!

전사는 하체와 코어, 상체를 사용하여 물 흐르듯 자연스러운 움직임을 구사했다. 그 결과는 한 줌의 거슬림도 없이 쭉 뻗어 나가는 아름다운 창격. 마을 주민들은 물론이고 소라조차 그의 움직임을 한순간 놓칠 정도였다.

"신기하단 말이지. 너 같은 놈들이 폼이란 폼은 다 잡고 꼭 기습을 해요."

카이의 검집에서 튀어나온 맹수는 순식간이 녀석의 창을 반으로 가르고도 모자라, 여우탈마저 반으로 쪼개 버렸다.

주르륵.

눈을 부릅뜬 전사는 이마에서 뜨거운 액체가 흘러내리자 이를 감싸며 뒤로 물러섰다.

'이, 일격에 내 창술을…… 강적이다!'

자신은 일족 최고라 칭하기에는 부족하나, 열 손가락 안에 들어갈 만한 속도를 지니고 있었다. 그런데 공격을 정확하게 읽어낸 것도 모자라서 반격까지 해내다니?

전사는 땅에 떨어진, 방금 전까지만 해도 자신의 무기였던 쇳덩이를 내려다보았다. 약간의 흐트러짐도 없이 정확히 반으로 잘려 나간 창!

꿀꺽.

그 모습을 확인한 전사는 저도 모르게 오한이 드는 것을 느끼며 몸을 부르르 떨었다.

"무, 무슨!"

동료 전사가 황급히 카이를 위협하며 피를 흘리는 동료를 보호했다.

"네놈, 실력을 숨기고 있었구나!"

"딱히 감춘 적도 없어."

"이래서 산 아랫것들과는 상종을 하면 안 되는 것이거늘! 비열한 잡신의 샤먼 같으니!"

[헬릭이 저 작자는 한 대 더 때리라고 요구합니다.]

"분부대로."

카이가 가볍게 왼손을 들어 올리자, 소매에서 두 갈래의 사슬이 튀어나가며 그들의 목을 휘감았다.

"컥!"

"쿨럭……!"

그 뒤로 전사들을 골고루 때려주기를 잠시, 알림창이 떠올랐다.

[헬릭은 대리인의 복수 내용에 무척이나 만족스러워합니다.]
[선행 스탯이 1 상승합니다.]
[태양 목격자의 효과로 선행 스탯이 1 추가로 상승합니다.]

'어? 잠깐만.'

태양 목격자는 선행 스탯이 증가할 때 50%를 추가적으로 주는 효과를 지니고 있다. 증가한 선행 스탯이 홀수일 때는 항상 반올림이 된 상태로 증가했다.

'선행 스탯이 1개만 오르면…… 50%는 0.5개야. 이것도 반올림되는 거구나?'

눈을 반짝인 카이는 자리에 쭈그려 앉으며 전사들에게 물었다.

"이봐. 너희들 마을로 나 좀 안내해 줘."

"웃기지 마라! 적에게 마을의 위치를 드러낼 수는 없다!"

"아까는 무력을 숭상한다며? 내가 이겼으니까 날 숭상해야 하는 거 아니야?"

"크큭. 네놈 따위는 설산을 지배하시는 샤크투스 님에 비하면 아무것도 아니다."

"우리의 왕께서는 무려 사룡과 대화까지 나눈 뒤 살아 오신 전설적인 영웅이지."

"……."

참고로 그 사룡이란 녀석은 잘 정돈되어 카이의 인벤토리에 들어 있는 상태다.

"그래? 그럼 안내해 줘도 되는 거 아니야? 너희의 말이 맞다면 그 설산의 지배자인지 뭔지가 날 혼내주겠지."

카이의 제안에 서로를 쳐다보던 전사들은 고개를 끄덕였다.

"큭, 이런 걸 두고 제 무덤을 스스로 판다고 하는 거군."

"죽고 싶어서 안달이 났는데 말릴 이유는 없지."

얻어맞은 주제에 뭐가 그리 당당한지, 지배자 일족의 전사들은 벌떡 일어나 카이를 안내했다.

"서둘러. 해 지겠다."

카이는 부푼 마음을 껴안은 채 그들을 따라갔다.

지배자 일족이라 불리는 이들의 마을은 설산의 깊숙한 곳에 자리 잡고 있었다. 네 개의 봉우리가 감싸고 있는 거대한 산맥의 정상. 일반인은 호흡마저 힘들어할 구름의 끝자락에 걸친 마을.

"호오."

마을의 건물은 드워프들의 대피처와 마찬가지로 얼음으로 이루어져 있었다. 물론 드워프의 그것처럼 아름답지는 못했으나 투박한 디자인에선 전사의 기개가 느껴졌다.

척! 척!

카이가 두 명의 전사를 인질로 삼은 채 마을 입구를 통과하는 순간, 백 명이 넘는 전사들이 그를 포위했다.

'많기도 해라.'

레벨은 최소 350에서 높으면 400가량. 카이 입장에서는 크게 어렵지 않은 상대들이었다.

"뭐라? 지금 태양 잡신을 믿는 샤먼 따위가 감히 나의 왕국에서 행패를 부려?"

어깨 위에 하얀 모피를 올린 근육질의 남성이 매섭게 호통을 치며 자리에 등장했다.

"데자뷔인가? 저거 어디서 들어본 대사인데."

카이가 여섯 시간이나 공들여 가면서 이곳까지 온 이유는 간단했다.

"태양 잡신을 믿는 샤먼!"

"설산에서 태어났다면 열 살을 넘기지 못했을 머저리가 감히."

"이곳으로 들어온 이상, 잘난 너의 신도 널 보호해 주지 못할 것이다."

카이를 향해 폭언을 일삼는 수백의 설산 전사들!

'과연?'

카이가 눈을 반짝이며 무언가를 기다리기를 잠시.

그가 기다리던 알림이 그의 눈앞에 나타났다.

띠링!

[헬릭은 끊이지 않는 폭언을 듣고는 결국 눈물을 글썽거립니다.]

[헬릭은 자신의 대리자에게 저들 모두를 혼내줄 것을 명령합니다.]

[괘씸한 작자들 혼내주기Ⅱ]

[난이도 : A]

[헬릭은 자신을 태양 잡신으로 생각하는 세력이 있다는 것을 깨닫고 큰 충격을 받았습니다. 헬릭의 분이 풀릴 때까지 그들을 혼내주십시오.]

[성공할 경우 : 선행 스탯 10 상승.]

[실패할 경우 : 선행 스탯 20 하락.]

"……빙고."

카이는 날이 갈수록 자신의 신을 다루는 법을 터득해 가고 있었다.

설산의 지배자 샤크투스. 소문난 잔치에 먹을 것 없다더니, 그도 이름은 거창했지만 실속은 없었다. 레벨은 420으로 높은 편이었지만 비교 대상이 카이라면 빛이 바랠 수밖에.

"지배자 일족은 제가 따끔하게 혼내줬으니 두 분은 이제 떠나셔도 됩니다."

"카이 님…… 정말 감사의 말씀을 어떻게 드려야 할지."

소라와 루나는 땀 한 방울 흘리지 않은 상태로 돌아온 카이를 쳐다보며 어쩔 줄을 몰라 했다.

"계속해서 도움만 받는 것 같아서 죄송하고, 감사한 마음뿐입니다."

"저야 두 분이 남 같지가 않아서 그래요. 저도 누나가 있거든요."

"감사합니다. 정말 감사합니다."

남매는 카이에게 받은 추천장을 꼭 쥐고 거듭 허리를 숙였다. 추천장은 글렌데일의 아르센 남작에게 이 두 사람을 도와달라는 내용을 담고 있었다.

"그리고 카이 님. 이건 주신 도움에 비하면 초라하지만……
드릴 게 이거밖에 없습니다."

부끄러운 듯 얼굴을 붉히며 커다란 녹용을 내미는 소라. 사룡을 처치하고, 설산의 지배자 일족을 무릎 꿇린 보상으로는 부족하다 못해 초라하다.

하지만 카이는 녹용을 받으며 활짝 웃었다.

"이야, 안 그래도 요즘 몸이 좀 허했는데 잘됐네요? 저에게 꼭 필요하던 겁니다. 감사히 잘 달여 먹을게요."

그들도 바보가 아닌 이상 카이가 자신들을 배려해 준 것을 알고 있었다.

"……정말 감사합니다. 카이 님 같은 분을 만난 것은 저희 인생 최고의 행운입니다."

"이 은혜는 평생 잊지 않겠어요. 저희의 도움이 필요한 순간이 오면 언제든 말씀해 주세요."

남매에게 텔레포트 스크롤까지 쥐어준 카이는 그들을 보낸 뒤 슬쩍 뒤를 보았다.

"히익……."

자신들이 신처럼 여기던 지배자 일족을 만나고 상처 하나 없이 돌아온 모험가. 코르도 마을 주민들은 두려운 눈빛으로 카이를 쳐다봤다.

'그래, 저들도 살고 싶었겠지. 나쁜 마음은 없었을 거야.'

사람은 기본적으로 이기적이다. 자신의 것을 빼앗기고 싶지 않아 하고, 자신의 안전을 최우선으로 여긴다. 당하는 입장에서야 억울하겠지만 세상은 대를 위해 소를 희생하는 것을 기본 원칙으로 삼고 있다.

'하지만 기분이 씁쓸해지는 건 어쩔 수 없네.'

이런 문제에서는 과연 어느 쪽이 옳고 그른 것인지, 카이는 아직도 알 수가 없었다. 고개를 절레절레 흔든 카이는 코르도 마을 주민들을 버려둔 채 자리를 떠났다.

설산을 벗어난 카이는, 곧장 라시온 왕국의 수도, 레이아크로 향했다. 발걸음을 재촉한 카이가 방문한 곳은 다름 아닌 새미의 과자집. 온갖 종류의 간식거리를 팔고 있는, 아이들의 천국으로 불리는 가게였다.

"어머, 토끼야!"

"응? 토끼라고?"

"귀여워라. 사탕 먹으려고 왔어요? 오구오구."

가게에 별안간 토끼 한 마리가 난입해 총총거리며 뛰어다녔다.

"걱정하지 마십시오, 손님들. 토끼 정도는 저희가 쫓아내······ 음? 이 토끼는······!"

황급히 자리에 나타난 가게 매니저는 토끼의 모습을 확인하더니 눈을 크게 떴다.

"이런!"

그러고는 곧장 직원들 몇몇을 데리고 과자들을 포대 자루에 쓸어 담기 시작했다.

"케이크도 넣고. 이번에 신상 과자랑 사탕들 나온 거 있지? 큰손께서는 신상은 모두 구매하시니까 하나도 빠짐없이 넣어 드려. 그리고 이번 달 카탈로그도 넣어드리고!"

직원들과 함께 과자를 쓸어 담기를 십여 분!

여덟 자루의 간식 보따리를 들고 뒷문으로 나간 매니저는 누군가를 기다렸다.

"번번이 죄송하네요."

한쪽 골목 모퉁이에서 걸어 나온 사내가 머쓱한 표정을 지으며 사과했다. 그는 다름 아닌 카이.

"아닙니다. 저희야 매상도 오르고 좋지요. 손님만큼 대량으로 구입해 주시는 분은 없거든요."

매니저는 함박웃음을 지으며 카이를 맞이했다. 바닥을 총총 뛰어다니던 토끼, 미믹은 곧장 카이의 어깨로 올라탔다.

'역시 이 방법이 제일 편하긴 해.'

카이가 출현하는 순간 도시의 거리는 마비가 되어버린다. 카이 자신도 용무를 수행하는 것이 불가능할 정도. 때문에 그는 사탕 가게 매니저에게 따로 부탁하여 간식을 구매하고 있었다.

"4골드 46실버입니다, 손님."

"여기 5골드요. 잔돈은 안 주셔도 됩니다."

"아이고, 감사합니다!"

큼직한 팁을 받게 된 매니저가 허리를 꾸벅 숙였다.

"그럼 다음에 또 뵙겠습니다."

과자 꾸러미를 두 손에 챙긴 카이는 신출귀몰을 사용하며 천상의 정원으로 향했다.

"그대여! 왜 이제야 오느냐! 목 빠지도록 기다렸지 않느냐!"

바닥을 폴짝폴짝 뛰어온 헬릭은 곧장 과자 꾸러미들을 향해 달려들었다. 자신을 기다린 건지, 과자를 기다린 건지 구분이 안 간다.

"헬릭 님, 쓰읍."

카이가 짐짓 근엄한 표정을 지으며 목소리를 낮추자, 헬릭이 시무룩한 표정을 지으며 두 손을 오므렸다.

"왜, 왜 보자마자 혼내느냐……."

"기다려 보세요."

과자 꾸러미들을 인벤토리에 넣은 카이는 천상의 정원의 한쪽 귀퉁이로 걸어갔다. 자신이 사 온 과자들을 모아놓는, 일종의 과자 곳간이다.

"……."

그리고 예상대로 그곳은 텅텅 비어 있었다. 자신의 계산대로라면 못해도 아홉 개의 과자가 남아 있어야 할 터.

"헬릭 님. 제가 분명히 먹고 싶은 것 하루에 세 개씩만 드시라고 했죠?"

"드, 들어보거라. 이건 그대가 생각하는 그런 게 아니다."

"그럼 한번 말씀해 보세요."

카이의 차가운 태도에 억울한 표정을 지어 보인 헬릭은 답답한 가슴을 콩콩 두드리며 말했다.

"사실 가끔씩 내가 사는 곳에 이웃 신들이 놀러 오는데, 그들을 대접하는 데에 과자를 내주었을 뿐이다."

"이웃 신들이요?"

고개를 갸웃거리며 묻자, 헬릭이 고개를 크게 끄덕였다.

"응! 친한 신은 몇 명 없지만…… 가끔씩 놀러 와서 같이 차를 마신다."

"친한 신이 누군데요?"

"대지의 신인 호른, 물의 신인 하쿠, 사랑의 신인 로비가 가끔 찾아오느라."

"그러니까 그들을 대접할 때 과자를 대접했다는 건가요?"

"혹시 이 몸을 못 믿어서 또 물어보는 것이더냐?"

두 볼을 빵빵하게 부풀린 헬릭은 양손은 제 허리에 척하니 갖다 대고는 인상을 찌푸렸다.

"으으으음."

눈을 가늘게 뜬 카이는 마지못해 고개를 끄덕였다.

"뭐, 그렇게까지 말씀하신다면…… 믿어야지요."

"역시 나의 대리인! 내 마음을 이렇게 잘 헤아려 준다!"

순식간에 얼굴에 생기가 도는 헬릭. 만약 그녀가 꼬리를 가지고 있었다면 지금쯤 휙휙 흔들리고 있을 것이다.

"이건 이번 달 과자예요. 아시죠? 하루 세 개."

"응응. 알겠느니라."

마치 선물을 뜯는 아이처럼, 자리에 앉아 과자 꾸러미들을 열고는 배시시 웃음을 짓는 헬릭. 흐뭇한 아빠 미소로 그 모습을 쳐다보던 카이가 입을 열었다.

"아참, 그러고 보니 저 성물 세 개 다 모았습니다."

"응? 아아. 나도 알고 있다. 성검은 다뤄보니 어땠느냐?"

"좋던데요? 신성력을 무지막지하게 잡아먹긴 하지만, 제 신성 재생력이 높아서 제법 유지는 잘 될 겁니다."

"성검은 마음이 선한 자만이 다룰 수 있는 신성한 검. 그대는 앞으로 마음을 항상 깨끗하게 유지하거라."

"물론이죠. 깨끗하게, 맑게, 자신 있게!"

카이가 싱긋 웃으며 답하자, 헬릭도 마주 웃으며 물었다.

"헤헤헤. 그럼 오늘은 기념으로 과자 다섯 개 먹어도 되느냐?"

"안 됩니다."

"힝……."

헬릭의 눈매가 축 늘어졌다.

"어때 보여?"

"무리예요. 쟤네 수준으로는 저거 공략 절대 못 합니다."

"흐음……."

천화 길드의 마스터, 설은영은 보이드와 함께 같은 화면을 보고 있었다.

-아아~ 니혼이치 길드! 이대로 무너지나요!

-사실 니혼이치 길드는 이번 자탄 레이드에 모든 걸 쏟아부었다고 해도 과언이 아니거든요?

-그렇죠. 10대 길드…… 아니, 9대 길드의 힘이 아무리 예전 같지는 않지만 그래도 아직 건재하거든요? 그런데 최근 영지전에서 니혼이치 길드만 재미를 못 봤어요.

-이제는 10대 길드에서 추방당한 타이탄 길드조차 도시 하나를 손에 넣었는데, 왜 니혼이치는 그러지 못했을까요?

-인원 부족 문제가 가장 크죠. 니혼이치 길드는 순수 일본인만 길드원으로 받는 곳인데, 일본은 예전부터 대규모 MMORPG보다는 싱글 게임이 주류를 이루던 시장이에요. 오

픈 초기에는 10대 길드 중 한 곳으로서 손색이 없었지만, 지금은 글쎄요…… 고작 80명으로 운영하기에는 많이 힘들죠.

그들의 말은 모두 맞았다. 니혼이치 길드는 시간이 흐를수록 숫자라는 허들에 부딪혀야만 했다.

'좋지 않아.'

세계 10대 길드. 불과 몇 달 전만 해도 미드 온라인의 흐름을 좌지우지하던 세력들이다. 하지만 검은 벌에 이어 타이탄이 몰락하고, 니혼이치는 자멸 중이다.

'이런 식으로 10대 길드의 이미지가 계속 손상되면 곤란해.'

설은영은 10대 길드라는 타이틀 하나를 손에 거머쥐려고 각고의 노력을 했다. 길드의 수장으로서 길드원들이 그 흔한 사건, 사고에도 연루되지 않도록 철저히 관리했고, 남들보다 부유한 돈을 바탕으로 최고의 인재들을 엄선하여 최고의 길드를 만들기 위해 노력했다.

그런데 그 노력을 다른 놈들이 갉아먹고 있다?

'마음에 안 들어.'

설은영의 고운 아미가 찌푸려졌다.

그녀는 보이드를 쳐다보며 물었다.

"저번에 알아보라고 했던 소문은?"

"알아보라고 했던 소문이요? 아아…… 그거요?"

보이드는 어깨를 으쓱거리며 말을 이었다.

"심증은 있는데 결정적인 물증이 안 잡히네요. 그런데 이 문제는 왜 그렇게 신경 써요?"

"사실이라면 언노운한테 말해줘야지."

"글쎄요. 만약 이게 사실이라고 해도 그 녀석이라면 신경도 안 쓸 것 같은데……?"

"그도 사람인 이상 실수는 해. 하지만 그는 한 번의 실수도 용납되지 않는 자리에 서 있지."

"정말 끔찍하게도 아끼시네요."

고개를 절레절레 흔든 보이드가 말을 이었다.

"전 70% 확률로 소문이 진실이라고 생각합니다."

"그 정도야?"

보이드의 까다로운 입에서 70%라는 확률이 거론되었으면 거의 확실하다는 뜻이다.

다시 한번 설은영의 아미가 찌푸려졌다.

"예. 그런데 저희가 모르는 뭔가가 하나 더 있는 것 같아요. 정보부 애들 겁나 굴려봐도 진척이 없다니까요?"

"천화 길드의 정보부가 파고들지 못한다?"

"어때요. 냄새나죠?"

입꼬리를 씨익 올린 보이드가 재미있어 죽겠다는 표정을 지었다.

"중간에서 장난질 치는 놈들이 있어요."

"……목적이 뭐라고 생각해?"

"흐음. 솔직히 이미 퍼진 소문을 막기 위해 그 정도로 정보를 차단할 필요는 없어요. 그래서 제가 모르는 무언가가 더 있다고 생각을 하는 거고."

제 턱을 부드럽게 쓰다듬던 보이드가 말을 이었다.

"검은 벌, 타이탄. 사이좋게 손잡고 망한 놈들이 뭘 꾸미는지는 모르겠지만…… 우선 그놈들이 동맹을 한 건 맞는 것 같단 말이죠."

"딱히 위협은 안 되는데."

"네, 뭐. 솔직히 따로따로 보면 무서울 게 없죠. 이미 레벨링도 많이 뒤처졌고, 보유한 영지의 개수부터 다른데. 그래도 썩어도 준치라는 말이 있잖아요? 만약 그 둘이 정말로 손을 잡는 거라면…… 저희 정도 크기는 되지 않을까요?"

"음……."

현재 천화 길드는 9대 길드 중에서도 세 손가락 안에 든다고 평가된다. 검은 벌과 타이탄이 손을 잡는다고 그 정도의 시너지가 정말 나올까?

"아, 그런 눈으로 보지 마요. 나도 모른다니까? 그리고 마스터도 알잖아요. 카이 그놈이 워낙 괴물이라서 스팅이랑 골리앗이 찬밥 신세가 된 거지, 그 둘도 게임 하나는 기가 막히게 잘하는 놈들이라는 걸."

"그럼 그 둘이 무슨 꿍꿍이를 품고 있는 건지 알아내."

"아니, 여태 뭐 들었어요? 중간에서 정보 조작으로 장난질 치는 놈들이 있다니까."

"비싼 돈 받는 값은 해야지. 정보부 애들 더 굴려."

"……."

완강한 여왕님의 태도에 두 손, 두 발을 들어 올린 보이드가 어깨를 으쓱거리며 대답했다.

"넵. 그럼 자탄 레이드는 어떻게 하실 거예요? 프레이 녀석들은 요즘 뭘 하는지 코빼기도 안 보이고, 다른 길드는 영지 모은다고 여념이 없어요. 위리어스는 참여한다고 하던데, 두고 봐야 하고…… 이거 우리가 먹습니까?"

"베이거스도 우리 손으로 끝냈어. 자탄도 우리가 먹어야 돼."

"호오, 천화 길드에 메인 에피소드 종결자라는 이미지를 씌워주시겠다?"

"왜, 길드 전력으로 무리야?"

"으음……."

눈을 감고 견적을 뽑아보던 보이드가 말을 이었다.

"마스터도 보셨잖아요. 이번에 니혼이치 쪽에서 공략하는 거 보니까 자탄 공격 회피하면서 무적 패턴 사라질 때까지는 버텨야 해요."

"길드에도 몇 명 있을 텐데. 너도 있고."

"저 하나밖에 없는 게 문제죠. 저 정도 되는 실력자는 우리 길드에 더 없거든요? 최소 한 명은 더 있어야 돼요. 여유롭게 공략하려면 두 명 정도?"

"두 사람이라⋯⋯."

무언가를 고민하던 설은영이 잠시 후 입을 열었다.

"유하린한테 연락 넣어."

"오케이. 그럼 나머지 한 사람은요?"

"그건 내가 구해."

말을 마친 설은영은 곧장 게임을 종료했다. 외투를 걸친 그녀는 머리를 정돈하고는 곧장 아래층으로 향하는 엘리베이터에 몸을 실었다.

"흐음. 니혼이치 녀석들. 타격이 크겠어."

한정우는 익숙한 향기를 뿜어내는 믹스커피를 한잔 마시며 아침을 시작하고 있었다. 그가 게임에 접속하지 않고 이렇게 거실에 앉아 뉴스를 보는 이유는 간단했다.

'언제쯤 오려나?'

기다리는 연락이 있기 때문이다. 사실 어젯밤에 갑작스럽게 잡힌 약속이기 때문에 아직도 얼떨떨하기는 하다.

띵동!

오피스텔의 초인종이 울렸다.

"음?"

슬쩍 시계를 확인해 보니 아침 9시. 이 시간부터 자신의 집을 찾아올 사람은 없다.

'반찬 가게에서 김치 주러 오셨나?'

서둘러 인터폰으로 다가간 정우는 버튼을 누르며 물었다.

"누구시죠?"

"설은영이에요."

"누구요?"

"설은영이요."

자신의 눈을 부빈 한정우는 인터폰을 뚫어지게 쳐다보며 고민했다.

'진짜 설은영이네. 이 여자가 내 집에는 왜 왔지?'

물론 그녀가 자신의 집에 못 올 이유도 없다. 그녀는 형식상으로나마 한정우가 소속된 매니지먼트의 대표이니까.

'하지만 그 부분에 대해선 어떤 터치도 하지 않겠다고 약속했는데.'

바꿔 말하면 그녀가 자신의 집에 올 이유도 없다는 소리.

잠시 고개를 갸웃거리던 정우는 현관문을 열었다.

"일단 들어오세요. 밖에 추우니까."

"그럼 실례를."

구두를 벗고 도도하게 현관을 지나친 설은영이 돌연 깜짝 놀란 사람처럼 눈을 크게 떴다.

"왜 그렇게 놀라요?"

"아니…… 예전에 왔을 때와 달라진 게 하나도 없어서요."

"그야 바꾼 게 없으니까요?"

"하지만 이렇게 이사도 안 끝난 집에서 생활하는 건…… 힘 들지 않나요?"

"예? 이사 끝난 지가 언젠데요?"

두 사람은 눈을 깜빡거리며 서로의 얼굴만 쳐다봤다. 그러 기를 잠시, 설은영은 그럴 리 없다는 표정을 지으며 물었다.

"이게 이사가 끝난 거라고요?"

"그, 그런데요."

정우가 자신도 모르게 말을 더듬자, 설은영이 충격을 받은 얼굴로 제 입가를 가렸다.

"이럴 수가…… 가죽 소파도, 샹들리에도, 벽에 걸린 그림마 저 없는데 이사가 끝났다니……."

"……"

오피스텔에서 그런 걸 찾는 게 더 이상한 거 아닌가?

"그건 설은영 씨처럼 오피스텔 한 층을 죄다 뚫어놓은 사람만 가능한 거구요. 일단 앉으세요. 커피로 하실래요, 차로 하실래요?"

"에스프레소 주세요."

"……믹스커피밖에 없습니다."

"차로 할게요."

그녀에게 자리를 권한 정우는 금세 차를 내왔다.

"그래서, 오늘은 무슨 일 때문에 오셨습니까?"

"한 번쯤 보고도 드릴 겸 오려고는 했어요. 우선 한 번 보시죠."

정우는 곧장 그녀가 건넨 서류를 읽어 내렸다.

[언노운, 연예계의 거대 매니지 중 한 곳인 CL과 독점 계약 완료.]

[중국의 틴텐츠, '언노운이 자사의 광고 모델이 되었으면 좋겠어' 발언 화제.]

[CL 매니지, '언노운은 당분간 그 어떤 대외적 활동도 하지 않고 싶어해' 공식 입장 발표.]

…….

서류는 신문이나 기사 따위를 스크랩해놓은 형태였는데, 대충 정우가 천화와 계약을 맺은 이후의 이야기들이 간략하게 정리되어 있었다.

타악.

"잘 봤습니다. 일 잘해주셨네요. 그럼 이거 말씀해 주시려고 온 건가요?"

"겸사겸사요. 요즘 뭐하나요?"

"그냥 사냥하고, 퀘스트하고…… 애도 하나 돌보면서 게임하고 있어요."

"……애요?"

설은영이 집 안을 스윽 둘러봤다.

애는커녕 사람이 살고 있는 게 맞는지 의심이 될 정도로 삭막한 인테리어가 그녀의 눈에 들어왔다.

"아, 게임에서요. 크게 신경 쓰실 부분은 아닙니다. 그런데 그건 왜 묻습니까?"

"일정에 큰 문제가 없다면 저희와 일 하나 같이해요."

"천화랑요? 아아……."

정우가 말끝을 흐리며 알 것 같다는 표정을 지었다.

'보나 마나 자탄 레이드겠네.'

니혼이치를 포함하여 몇 개의 길드. 심지어는 중소 길드 몇몇이 연합을 하면서까지 자탄 공략을 시도했으나 모조리 실패했다. 결국, 메인 에피소드에 종지부를 찍는 것은 9대 길드의 역할이라는 것이 세간의 목소리.

'새로운 에피소드로 넘어가야 즐길 거리가 더 다양해지니까.'

새로운 에피소드가 열리면 지금은 락(Lock)이 걸려 있는 지역이 해제되기도 하고, 새로운 직업이나 퀘스트, 아이템들이 풀려난다. 당연히 일반 유저들 입장에서는 즐길 컨텐츠가 많으면 많을수록 좋다. 그것이 사람들이 메인 에피소드를 앞장서서 공략하는 9대 길드를 응원하는 이유이다.

'흐음. 천화와 일을 하는 것 자체는 불만이 없는데…….'

오히려 자신의 입장에서는 거절할 이유가 없었다. 천화는 돈 계산 문제로 구질구질하지도 않았고, 무엇보다 정산율을 잘 쳐줬으니까.

'하지만 지금 고려해야 할 문제는 이런 것들이 아니지.'

가장 신경 써야 할 것은 세간의 인식이다. 자신이 천화와 교류한다고 생각되는 건 좋으나, 한 배를 탔다고 여겨지는 건 사양이니까.

'혹시라도 나중에 귀찮아질 수도 있어.'

훗날 누군가가 천화와 싸우는데, 자신까지 귀찮게 구는 건 충분히 있을 법한 일이다.

'기본적으로 나는 오는 사람 안 막고, 가는 사람도 안 붙잡아. 사람 됨됨이만 된다면 말이지.'

시선에 따라 조금 이기적인 플레이라고 볼 수도 있겠지만, 그것이 세력에 소속되지 않은 개인의 가장 커다란 무기였다. 때에 따라서 그 누구와도 손을 잡을 수 있는 것은 무엇보다 큰 장점이니까.

'천화랑은 검은 벌 사냥 때도 함께했고, 비르 평야 전쟁 때도 함께했지.'

벌써부터 천화와 자신을 한데 묶어서 생각하는 사람들이 있을 정도다. 그건 위험하다.

'프레이 길드처럼 아예 내 밑으로 들어온다면 모를까.'

애초에 그들도 상황이 상황인지라 어쩔 수 없이 받아들인 것뿐이다. 그러니 눈앞의 철혈 여왕이 그럴 리 없다는 것은 누구보다도 자신이 잘 알았다.

결국 정우는 고심 끝에 결정을 내렸다.

"죄송하지만 이번에는 거절하겠습니다."

"……이유가 뭐죠? 아직 구체적인 건 설명하지도 않았는데."

설마 자신의 제안이 단칼에 거절당할 것이라고는 생각하지 못했는지, 그녀의 눈매가 파르르 떨렸다.

"어차피 자탄 레이드 말씀하려고 하신 거 아닙니까?"

"맞아요. 그쪽 입장에서도 나쁠 건 없을 거예요."

"네, 나쁠 건 없죠. 인지도도 오르고, 돈은 또 넘치도록 들어올 테고, 레벨이랑 명성도 오르고."

"그런데 왜 거절하는 거죠? 돈이라면 얼마든지 드릴 수 있어요."

"아뇨. 사실 이제 돈은 별로……."

정우가 입을 여는 순간, 그의 휴대폰이 울렸다.

"잠시 실례 좀."

메시지를 읽은 정우는 빙그레 미소를 지었다.

"방금 전 연락으로 확실해졌습니다. 제가 당분간 다른 일정을 소화해야 될 것 같아요."

"……그렇다면 어쩔 수 없죠."

자리에서 일어나려던 설은영은 무언가를 떠올린 듯, 나지막이 경고했다.

"최근 길드들의 움직임이 심상치 않아요."

"길드들이라면……."

그녀가 이렇게 직접 언급을 할 정도라면, 세상에는 아홉 군데밖에 없다.

"세계 9대 길드요?"

"저희를 빼고 8개…… 아니. 저희를 제외하고 10곳."

"음?"

이번에는 정우의 눈썹이 살짝 꿈틀거렸다.

"이상하네요. 제가 신경 써야 할 곳이 10곳이나 되었던가요?"

"부자는 망해도 3년을 간다는 말이 있어요."

"그건 현실에서나 통용되는 이야기죠. 게임에서는 아무리 세력이 굳건해도 성장이 뒤처지는 순간……."

"그 부분이 심상치 않다는 거예요."

"예?"

"스팅과 골리앗. 당신에게 패배한 이후 쭉 내리막길을 걷던 두 사람이 최근 들어 다시 페이스를 올리고 있어요. 그들의 심복이라고 할 수 있는 이들의 레벨링 속도도 전성기 수준만큼 올라간 상태죠."

"잠시만요. 확인 좀."

휴대폰을 들고 랭킹을 훑어본 정우는 눈을 가늘게 떴다.

"스팅 레벨 299. 골리앗 레벨 305…… 제법 오르긴 했는데, 딱히 위협이 되지는 않습니다만."

"그들이 손을 잡았다는 소문이 여기저기서 들리고 있어요. 그리고 세상에는 목적 없는 동맹이 없어요."

"그 목적이 설마 저라는 겁니까?"

"글쎄요?"

자신의 제안을 거절한 것에 심통이라도 난 것일까. 은은하게 웃어 보인 설은영은 차를 비우며 자리에서 일어났다.

"차 잘 마셨어요. 그럼 다음에 또."

"아마 그다음은 조만간이 될 것 같네요."

"그게 무슨 뜻이죠?"

"자연스럽게 알게 될 거예요. 그때 가서 저 너무 미워하지는 마시고……."

정우의 아리송한 말에 고운 미간을 찌푸린 설은영은 들어올 때와 마찬가지로 도도하게 집을 나섰다.

그녀는 떠나기 전, 뒤를 돌아보며 입을 열었다.

"당신이 참여하지 않은 건 아쉽지만, 자탄이 천화 손에 쓰러진다는 건 변하지 않아요."

"유하린이랑 계약이라도 하셨나 봐요?"

"……."

이 바닥 인물이라고 해봤자 어차피 다 거기서 거기다. 게다가 천화와 유하린은 이미 한 번 손발을 맞춰본 적이 있는 조합.

'확실히 유하린과 천화가 함께한다면 자탄을 무리 없이 잡을 수 있겠지.'

물론 변수가 없다는 가정하에서 말이다.

"그럼 이만."

설은영이 위층의 집으로 돌아가자 정우는 곧장 누군가에게 전화를 걸었다.

"회신이 늦어서 미안합니다. 집에 손님이 오셔서요."

-아닙니다. 약속 시간을 명확하게 정하지 않은 제 잘못이 크죠.

"보내주신 메시지는 봤습니다. 파격적인 조건을 제시하셨던데, 사실입니까?"

-한 입으로 두말하는 성격은 아닙니다. 그리고 랭킹 1위를 용병으로 고용하는 건데 이 정도 조건은 당연하지요.

"좋습니다. 그럼 바로 계약 진행하도록 하지요."

정우는 상대방의 파격적인 조건에 빙그레 미소를 지었다.

"유하린은?"

"한다고 하더군요. 볼 때마다 느끼는 거지만, 맹한 구석이 있는 여자입니다."

"설령 그렇게 느끼더라도 티 내지 마."

"물론입니다. 그냥 말이 그렇다는 거지, 그 여자는 유하린인 걸요."

제대로 맞붙으면 3분이나 버틸 수 있을지. 보이드는 과거 언노운과의 대결을 떠올리며 쓴웃음을 지었다.

"아, 저도 마법사 캐릭 삭제하고 전사나 키울까요?"

"꿈 깨. 넌 마법사라서 그 정도 위치나 지키고 있는 거니까."

설은영의 냉혹한 팩트 폭력에 보이드가 울컥한 표정을 지었다.

"그 정도 위치가 뭡니까? 그 정도 위치가. 그나저나…… 언노운은 불발이라고요?"

"안 한대."

"거, 사람 그렇게 안 봤는데 제법 매정하네."

"계약에 사적인 감정 대입하지 마. 프로는 조건 안 맞으면 거절하는 게 당연해."

"우리 여왕님 언노운한테 제대로 빠지셨나 보네. 까이고 돌아와서도 편들어주시는 걸 보니."

"시끄러워. 다른 길드들은?"

"항상 똑같죠. 뭐, 프레이 녀석들이 태양교 본단에 틀어박혀 있어서 파악이 잘 안 되는 것 빼면 다 괜찮아요. 걱정하실 일은 없을 겁니다."

"음……."

걱정하지 말라는 조언에도 불구하고, 설은영은 설명할 수 없는 기분에 사로잡혀 있었다.

'왜 이러지?'

알 수 없는 불안감이 온몸을 엄습하는 기분. 그녀는 가만히 자료들을 정리하며 자신이 무엇을 빠뜨렸는지 체크했다.

'길드의 사냥터들은 문제없고, 이번에 손에 넣은 영지들도 잘 관리되고 있어. 사고 친 길드원들도 없고 다른 길드도 대부분 자탄 레이드는 포기했어. 아, 혹시?'

설은영이 입을 열었다.

"워리어스는? 인터뷰 보니 참여 의사를 드러낸 것 같던데."

"예. 아시다시피 걔네랑 저희랑 전력 차이가 비슷하잖아요. 그나마 거긴 날쌘 전사 애들이 많으니 우리보다 상황은 조금 더 좋지만, 그래도 믿을 만한 실력자 한 명 정도는 용병으로 계약했을걸요?"

"레이드 준비하고 있는 것 맞아?"

"예. 지원과에서 보고 올라온 걸 보니, 요즘 경매장에서 워리어스 애들이랑 마찰 심하다고 하던데요. 서로 포션을 쓸어 담아야 하니까요."

"……이번 레이드. 우리가 먼저 진행할 수 있도록 준비해."

"예? 아무리 워리어스라고 해도 자탄을 단번에 공략하진 못할 텐데, 패턴 좀 더 수집하고 천천히 하시죠?"

"느낌 안 좋아. 하라면 해."

무엇이 자신을 이렇게 불안하게 하는 걸까.

하지만 그녀는 애써 마음을 진정시켰다.

'괜찮아. 이쪽에는 유하린이 있어.'

카이가 압도적인 1위로 군림하는 지금은 예전만큼의 포스가 없지만, 그녀는 랭커들의 랭커라 불릴 정도로 강렬한 실력을 자랑하던 플레이어다.

"그래, 걱정할 필요는 없어."

마치 자기 최면이라도 걸듯, 설은영이 계속 중얼거렸다.

"시작해."

설은영 특유의 도도한 목소리가 회의실에 울려 퍼졌다. 이에 천화 길드의 정보부를 이끌고 있는 두보는 고개를 살짝 숙이며 입을 열었다.

"다들 바쁘신 분이니 바로 본론으로 들어가겠습니다. 저희가 이 자리에 모인 이유는 여러분도 아시다시피 레이드 목표인 자탄 때문입니다."

자탄. 과거 뮬딘교가 만들어냈던 아오사와 같은 괴물이다. 비밀병기라고까지 불리는 자탄의 강함은 과거 아오사와는 비교도 할 수 없을 정도.

"녀석의 간략한 이력을 설명해 드리자면, 12개의 중소 길드가 모인 길드 연합군이 녀석에게 패배하였으며, 영지전에서 큰 이득을 챙겨 9대 길드의 등 뒤를 바짝 추격하고 있던 4개의 거대 길드들까지 예외 없이 패배. 이번에 9대 길드에 소속된 니혼이치의 공략마저 실패로 돌아가면서 화룡점정을 찍고 큰 관심을 받고 있는 녀석입니다."

"설명 길어. 공략 방법만 간단히 설명해."

설은영이 요구했다. 어차피 이 자리에 모인 이들 중 자탄에 대해 모르는 이는 없었으니까.

"자탄 레이드의 핵심은 총 두 가지입니다. 첫 번째는 제1페이즈인 광범위 중력장. 그 속에서 놈의 공격을 회피하는 것과 동시에 어그로를 끌어줄 수 있는 근접 딜러나 탱커가 필요합니다."

"그 정도도 못 하면 우리 길드에 소속될 자격이 없는 거고."

보이드의 목소리는 자신감으로 가득 차 있었다. 그도 그럴 것이, 그 정도는 니혼이치 길드의 근접 딜러들조차 해냈기 때문이다.

"두 번째로 필요한 것은 송곳입니다. 자탄의 체력이 70% 밑으로 떨어지면 2페이즈에 들어서는데, 그때 자탄은 두 마리의 강력한 하수인을 소환합니다. 놈들은 각각 350레벨의 네임드 몬스터. 하지만 이놈들은 레벨과는 별개로 매우 까다로운 놈들입니다."

두보의 말이 끝나자 모두의 고개가 동시에 끄덕여졌다. 그들 중에는 아예 질색한 표정을 짓는 이도 있었다.

"첫 번째 하수인의 이름은 라두스. 두 번째 하수인은 두라스입니다. 한쪽은 물리 공격만이 먹히며, 다른 한쪽은 마법 공격만이 먹힙니다."

하지만 이것이 특징의 전부라면 그리 어려울 것도 없는 녀석들이다.

"문제는 이 녀석들을 동시에 격파해야 한다는 점이지요."

동시 격파. 라두스건 두라스건, 한 놈을 격파하고 30초 이내로 다른 한쪽을 죽이지 못하면, 이전에 쓰러뜨린 놈이 체력의 100%를 회복하면서 소생한다.

하수인을 베어낼 날카로운 송곳이 될 두 사람. 그들의 합이 잘 맞아야만 무사히 쓰러뜨릴 수 있다는 소리다. 송곳들의 실력이 아무리 뛰어나다 해도, 타이밍이 어긋난다면 놈들을 쓰러뜨릴 수 없다.

"실제로 쌍둥이 하수인이 나오는 2페이즈의 벽은 아직까지 어떤 길드도 넘지 못했습니다."

그도 그럴 것이, 자탄의 중력장이 펼쳐지는 순간 외부에서의 공격은 무용지물이 된다. 화살을 쏘건, 마법 주문을 날리건, 모두 녀석의 중력장의 외벽에 부딪히는 순간 궤도가 랜덤하게 변경되기 때문. 결국, 하수인들을 처치하려면 자탄의 중력장 안에 들어가서 처치하는 수밖에 없다.

"흠흠. 물론이지. 중력장 속에서 활동할 만한 피지컬을 갖춘 마법사는 하늘 아래에 몇 없지 않겠어?"

보이드의 콧대가 쭉쭉 올라갔다.

회의실의 모두가 어색한 미소를 짓고, 설은영은 대놓고 인상을 구겼지만 누구도 보이드의 말을 부정하지는 않았다. 자탄 공략에서는 보이드 급의 마법사가 필수적으로 있어야 하니까.

"마스터는 진짜 복 받은 줄 알아요. 우리 길드에 나 없었으면 또 막대한 돈 들여서 마법사 용병을 구할 뻔했잖아요?"

"차라리 그쪽이 더 편할 텐데."

설은영이 차가운 표정으로 중얼거리자, 보이드가 실실 웃으며 두보를 재촉했다.

"에이, 마스터도 참. 아무튼 두보 부장은 계속해."

"감사합니다. 니혼이치 길드의 공략까지 포함하여 자탄의 페이즈가 밝혀진 건 2페이즈까지입니다. 그 뒤에 추가 페이즈가 있을지는 아직 모르는 상태입니다."

"2페이즈가 마지막일 가능성은?"

"물론 존재합니다. 하지만 자탄이 레이드급 보스 몬스터라는 점을 감안했을 때, 아마 숨겨진 한 수 정도는 더 있을 것 같다는 게 정보부의 견해입니다."

"흐음. 솔직히 2페이즈까지만 해도 좀 짜증 나는데, 거기에 하나가 더 숨겨져 있을 수도 있다라…… 기분이 굉장히 상큼해지는걸?"

"물론 아닐 수도 있습니다만."

"아니야. 페가수스 이 녀석들은 워낙 변태잖아. 난 자탄이 셋으로 분열을 해도 놀라지 않을 자신이 있다고."

회의실의 모두가 각자의 생각을 활발하게 주고받을 때, 설은영은 오른쪽으로 고개를 돌리며 말했다.

"1페이즈는 길드 공략팀이 해결할 테니, 당신은 계약에 따라 2페이즈부터 활약해줘요."

끄덕끄덕.

언제나와 마찬가지로 까만 투구를 뒤집어쓰고 있는 검사가 자신의 조그마한 고개를 끄덕였다. 투구의 이음새로 가닥가닥 흘러나온 은발은 전사의 신비로움을 한층 더 돋보이게 만들어주었다.

"우리 천화의 손을 잡은 것을 후회하지 않도록 해드릴게요.

유하린 씨."

흑색의 전사는 여태까지 카이를 제외하고는 그 어떤 유저에게도 얼굴을 공개하지 않은 유저, 유하린이었다.

설은영은 자신의 요구에 그 어떤 불평도 없이 따라주는 유하린이 마음에 들었는지, 은은한 미소를 알게 모르게 지으며 고개를 돌렸다.

"두보, 그럼 이제 문제될 건 없지?"

"아, 그게……."

여왕님의 질문에 두보가 골치 아프다는 표정을 지으며 머리를 긁적였다. 그것이 여왕님의 심기에 거슬렸다.

"뭐야 그 반응은? 할 말 있으면 해. 사람 답답하게 만들지 말고."

"워리어스 녀석들 말입니다. 포기를 안 해요."

"워리어스가?"

설은영이 고개를 갸웃거렸다.

"혹시 천화가 유하린과 손을 잡았다는 기사, 아직도 안 뿌렸어?"

"그럴 리가요. 이미 오늘 아침에 다 뿌렸죠. 벌써부터 유저들은 자탄 레이드가 제2의 베이거스 레이드가 될 것이라고 입을 모아 말하고 있어요. 천화와 유하린의 조합은 실패를 상상하기 어려울 정도니까요."

"그런데 아직도 포기를 안 한다?"

"워리어스도 이번에 투자한 게 제법 되거든요. 포션이니, 장비니…… 아마 그것들이 아까워서 그런 것 아닐까요?"

"……아니, 그건 아닐 거야."

설은영이 두 눈을 꼬옥 감으며 고민에 빠졌다. 기다란 속눈썹이 눈 밑 살에 내려앉았고, 회의실의 모두는 이럴 때 그녀를 방해해서는 안 된다는 것을 알고 있기에 입을 닫았다.

'워리어스의 마스터 발칸은 똑똑하고 유능해.'

만약 돈으로 고용할 수 있는 유저였다면, 설은영은 천문학적인 돈을 뿌려서라도 그를 데려왔을 것이다. 매사에 깐깐하고 신중한 설은영이 그 정도의 평가를 내렸다는 건, 발칸이 정말로 유능하다는 뜻이다.

'그런 작자가 포션 값으로 돈 몇 푼 깨졌다고 안 될 일에 고집을 부린다고? 말도 안 되는 소리야.'

거인이 쓰러진 뒤, 9대 길드라 불리는 길드들. 그들은 모두 저마다의 스폰서를 하나씩 물고 있다. 당연히 9대 길드는 꾸준히 성적을 내는 한 자금줄이 마를 일은 없다는 소리.

'나처럼 길드의 뒤에 가족 기업이 있지 않은 이상, 9대 길드의 마스터들은 결국 일을 결정할 때 실적을 위주로 움직일 수밖에 없어.'

길드의 이미지가 조금씩 깎여 나가거나, 계획했던 일이 실패하거나. 그런 것들이 하나씩 쌓이다 보면 결국 9대 길드의 자리가 위태로워지는 것이다. 마치 지금의 니혼이치 길드가 그렇고, 이전의 타이탄이나 검은 벌 길드가 그랬듯이.

'더군다나 니혼이치 길드가 실패한 지금, 9대 길드 중 3강이라 불리는 워리어스가 실패한다면…….'

다른 경쟁자들만 좋은 일을 시켜주는 셈이다. 발칸 정도 되는 이가 그 정도의 미래도 못 내다볼 리는 없었을 터.

'그렇다면 워리어스 쪽에서 노리는 건 하나.'

승부수를 띄우려는 것이다. 어차피 레이드는 상대평가가 아닌 절대평가다. 얼마나 압도적인 전력을 지니고 있는지는 상관이 없는, 경쟁자보다 빠르게 자탄을 공략하면 끝나는 제로섬 게임.

'정면 승부라면 피할 이유가 없어.'

하지만 상대방은 자신의 패를 아는데, 이쪽은 상대방의 패를 모른다.

"워리어스 쪽 감시 인원 더 늘려."

설은영이 차갑게 명령했다.

예로부터 MMORPG에는 풀리지 않는 난제가 하나 있었다.

그것은 바로 사냥터에서 필수적으로 일어날 수밖에 없는 분쟁. 바로 자리싸움이다.

대다수의 게임에서는 몬스터를 선제공격한 사람의 기여도를 높여주는 방식으로 이 문제를 해결해 왔다.

하지만 이 방법에는 한 가지 치명적인 결함이 있었다. 그것은 바로 미드 온라인이 가상현실게임이라는 것. 아무리 게임이라고는 하나, 서로 얼굴을 맞대고 있는 상황에서 몬스터를 가로채 가는 행위는 여러모로 시비가 일어날 요소가 다분했다.

일반적인 몬스터조차 이럴진대, 과연 레이드 보스 몬스터는 어떨까?

-와, 이거 실화야? 이런 상황은 처음 봐서 뭐라고 말을 못 하겠네.

-천화 대 워리어스, 워리어스 대 천화…… 말도 안 되는 대치 상황이다.

-그런데 둘이서 붙는다면 천화 쪽이 이기지 않으려나? 전력 자체는 천화 쪽이 더 뛰어나잖아. 철혈 여왕 설은영을 비롯해서 악동 보이드, 게다가 이번에 고용된 유하린은 무려 랭킹 2위인데?

└그렇게 따지면 워리어스도 꿇릴 건 없지. 마법사 쪽은 몰라도, 기사 클래스 쪽은 워리어스 쪽 랭커 라인이 훨씬 빵빵한데?

└그러면 뭐하나? 자탄이 하수인 소환하면 어차피 마법 대미지가 필요해. 워리어스에 그 정도 수준의 마법사가 있던가? 난 천화 쪽 한 표.

└나도 천화 쪽 한 표. 이번 건 아무리 봐도 발칸이 무리수를 던진 것

같다. 아마 최근 뚜렷한 사건이 없어서 옅어지는 존재감을 의식한 거겠지.

유저들의 의견이 분분해졌다.

물론 그 시각, 천화와 워리어스는 그들이 무어라 떠드는지에 관심이 없었다.

"오랜만이군, 설은영."

"당신도."

-고오오오오오오오!

저 멀리서 울부짖는 자탄을 배경으로 둔 채, 두 길드의 마스터가 대화를 나누었다.

"이번 레이드, 워리어스에 양보하는 게 어떤가."

"헛소리하지 마. 오히려 그쪽이야말로 무리하고 있는 거 같은데."

"무리라고?"

재미있는 소리를 들었다는 듯, 발칸이 낮은 웃음소리를 흘리며 자탄을 돌아봤다.

"그렇다면 우리가 먼저 공략을 시도해도 되겠군. 당신 말이 맞다면 어차피 우리 전력으로는 '무리'일 테니까. 그렇지 않나?"

"어지간히 자신 있나 봐?"

"난 항상 자신이 있었다."

발칸의 당당한 음성에 설은영이 그의 전신을 빠르게 훑었다.

'대체 뭘 믿고······.'

천화 길드의 정보부를 며칠 동안 굴려봤지만, 발칸이 왜 저렇게 당당할 수 있는지에 대한 정보를 알아내지는 못했다.

"마스터, 예전부터 말씀드렸지만, 워리어스 현재 전력으로는 절대 자탄 못 잡아요. 저놈들 먼저 죽게 놔두고, 자탄 패턴 파악한 뒤에 안전하게 공략하는 게 낫다니까요?"

"저도 동감입니다. 마스터. 워리어스에서 뛰어난 마법사라고 해봐야 클로이밖에 없는데, 그녀는 하수인을 단독으로 처치하기에 부족합니다."

"음."

부하들의 설득에 설은영이 미간을 찌푸렸다.

상식적으로 생각하면 그들의 말대로 하는 것이 백번 옳다.

자탄에 대해 밝혀진 건 고작 2페이즈까지. 베이거스조차 3페이즈가 있었다는 걸 생각하면, 자탄은 그보다 까다로우면 까다로웠지, 더 쉽지는 않을 것이다.

'그래. 이게 옳아. 하지만······.'

알 수 없는 불안감이 그녀의 전신을 휘감았다.

"물론 맨입으로 양보해 달라는 건 아니다."

"무슨 뜻이지?"

설은영이 고민을 하고 있다는 것을 깨달은 발칸은 그 위에 쐐기를 박았다.

74장
혼자 다 해 먹는 놈(1)

"프리츠 공성전. 천화에게 먼저 양보하지."

"……!"

"……!"

발칸의 선언이 떨어지자 자리의 모두가 얼어붙었다.

그건 천화 쪽 인물뿐만이 아니라, 워리어스의 간부진도 마찬가지였다.

'뭐지?'

이후 워리어스 소속의 랭커들은 빠르게 표정을 수습했지만, 설은영의 날카로운 눈썰미를 피해갈 정도로 능숙하지는 못했다.

'이 정도 딜을 던진다는 걸 아군도 모르고 있었다고?'

프리츠 성은 현재 천화와 워리어스가 호시탐탐 노리고 있는 장소였다.

수베르 운하와 연결되어 있는 그 성을 손에 넣기만 하면, 힘들이지 않고 교역로를 손에 넣을 수 있기 때문이다.

보통 대부분의 공성전은 영지가 소속된 나라의 국왕이 도전 순번을 결정한다. 그 결과 워리어스가 최초의 도전권을 손에 넣었고, 천화는 두 번째였다.

'그런데 그 도전권을 우리 천화에게 주겠다고? 대체 왜?'

물론 자탄 레이드는 중요하다. 녀석은 어느 필드에서나 볼 수 있는 어중이떠중이 따위가 아니다. 무려 메인 에피소드 2의 대미를 장식할 레이드 보스 몬스터.

한때 국내에서만 이름을 날리던 천화 길드가, 에피소드 1의 보스였던 베이거스를 단독 공략하고 세계 레벨로 도약한 것을 떠올려 보면 절대 가볍게 생각할 수 없는 존재였다.

'하지만 그건 레이드를 성공시키고 나서의 이야기야.'

자탄이 아무리 중요하다고는 하나, 그녀의 말마따나 성공했을 때의 이야기다.

만약 프리츠 영지까지 던졌는데 공략에 실패한다면?

그건 단순히 하나를 잃는 게 아니다. 워리어스가 자탄 공략에 실패하면 당연히 그 뒤의 순번은 천화. 그리고 현재 천화의 전력은 구성원 모두가 불법 토토라도 하고 있지 않은 이상, 도무지 공략 실패를 떠올릴 수 없는 라인업이었다.

무엇보다 그들에게는 괴물 플레이어, 유하린이 있다.

"보이드."

설은영이 여전히 발칸을 쳐다보며 중얼거리자, 보이드가 다가와 그녀의 귓가에 속삭였다.

"두보한테서 연락 왔습니다. 확인 끝났답니다."

"뭐래?"

"마법사 랭커들의 행적은 모두 파악 중이고, 마검사들도 마찬가지입니다. 음유시인을 비롯한 비주류 마법 대미지 딜러들의 소재도 파악해 봤는데, 이상 없답니다."

"확실해?"

"제가 조사한 게 아니라 확실하진 않지만, 두보 부장 정도면 믿을 만하죠?"

전직 FBI 정보부 소속이었던 두보 부장의 정보 장악력을 의심하면 이 세상에 믿을 이는 몇 없다. 한 마디로 상위 랭킹의 마법 대미지 딜러들 중에선 워리어스에 고용된 이들이 없다는 뜻.

이에 잠시 고민하던 설은영이 발칸에게 물었다.

"혹시 나중에 공략에 실패하면 다른 말을 할 생각은 아니겠죠?"

그녀의 말투는 여전히 서릿발처럼 차가웠지만, 공격적인 느낌이 많이 줄어들고 사무적인 느낌이 더 묻어나왔다.

발칸을 단순한 경쟁자로 보는 것이 아닌, 비즈니스 상대로 보고 있다는 것을 은연중에 표출한 것이다.

"물론이지. 원한다면 계약서를 작성해 줄 수도 있고."

"좋아요. 보이드, 서류 가져와."

"넵."

보이드가 부리나케 인벤토리에서 백지 서류를 채우기 시작하자, 발칸이 떨떠름한 표정을 지었다.

"표정이 왜 그러죠?"

"……아니, 정말 철두철미한 성격이라고 생각해서. 무례였다면 사과하지."

"딱히."

팔짱을 끼며 보이드가 내미는 서류를 확인한 설은영은 그것을 곧장 발칸에게 넘겼다.

"확인해 봐요."

"괜찮군."

두 마스터의 사인이 순식간에 계약서 하단에 새겨졌고, 계약서가 빛나기 시작했다.

띠링!

[맹약의 서가 빛나기 시작합니다.]

[설은영과 발칸의 맹약이 제대로 이루어지는지는 태양신이 주시할 것입니다.]

태양교에서 장당 10골드에 판매한다는 맹약의 서. 계약 내용을 불이행하는 순간 엄청난 페널티를 부과하는 이 맹약은 절대로 어길 수가 없다. 물론 계약을 맺는 당사자들끼리 페널티의 강약은 조절할 수 있다.

다만 설은영은 계약 내용에 그 부분을 건드리지 않았다. 다분히 발칸의 반응을 살펴보기 위함이었지만, 그는 일말의 망설임도 없이 자신의 사인을 새겨 넣었다.

'이 정도까지 하면 정말 뭔가 믿는 구석이 있다는 소리인데……'

맹약의 서를 한 부씩 나눠 가진 설은영은 찝찝한 표정으로 발칸을 쳐다봤다.

"그럼 프리츠는 그쪽이, 자탄은 우리가 가져가겠군."

"누군가가 실패할 수도 있지만요."

발칸은 대놓고 저주를 흩뿌리는 설은영을 쳐다보며 낮게 웃었다.

"아, 그런데 혹시 뭐 하나 물어봐도 되나?"

"뭔가요?"

발칸이 맹약의 서를 흔들었다.

"프리츠 공성전의 순서는 국왕인 베오르크가 직접 명한 것이기에 도중에 포기를 할 수 없다. 길드의 이미지는 물론이고, 공적치와 명성이 깎이기 때문이지."

"계약이 다 끝난 마당에 딴소리를……? 이미 늦었어요. 그리고 맹약의 서에 그에 관한 내용도 적혀 있을 텐데요?"

눈매를 날카롭게 뜬 설은영이 곧장 반박했다. 발칸의 말도 맞았고, 설은영이 말도 맞았다. 공성전의 순서는 국왕이 직접 정한 것이기에 임의로 사고팔 수가 없다.

만약 그런 정황이 발견되면 명성이 대폭 깎이고 제재를 먹는다. 하지만 본인들의 역량이 부족하다고 생각되면, '포기'는 할 수 있다. 그 방법도 무척 간단하다.

"공성전 인원에 1명만 넣으면 된다고, 쓰여 있을 텐데요?"

"그래. 다른 길드에서도 자주 사용하는 방법이지. 하지만 궁금해서 말이야."

발칸이 이를 드러내며 물었다.

"혹시 우리가 공성 측 인원으로 넣을 1명이, 공성전을 성공시켜 버리면 어떡하나?"

"말이 되는 소리를 하세요."

설은영은 그가 농담을 하고 있다고 생각했는지, 코웃음을 쳤다.

"하지만 만약 1명이 프리츠 공성전을 성공시킨다면, 저희도 할 말은 없지요."

발칸이 맹약의 내용을 어긴 것은 아니기 때문이다.

"역시 그렇군."

그녀의 확답을 받은 발칸은 크게 만족한 표정을 지으며 고개를 끄덕였다.

"생각보다 싱겁네요."

짧게 중얼거린 설은영은 고개를 휙 돌리며 아군에게 명령했다.

"전원 철수. 천화는 워리어스의 공략이 실패로 돌아가면, 그때 공략을 시작한다."

마지막으로 발칸을 흘깃 쳐다본 설은영은 예의상 건투를 빌었다.

"그럼 후회 없는 최고의 레이드가 되기를."

"미녀의 응원이라, 최선을 다하도록 하지."

발칸이 부드러운 미소를 지으며 화답했다.

"마스터, 혹시 가까운 정신병원이라도 알아보셔야 하는 거 아니에요?"

천화 길드가 자리를 떠나자, 워리어스 길드의 간부진이 단체로 발칸 주위를 에워싸며 소리 질렀다.

"으아아아악! 진짜 망했어요, 망했다고!"

"아니, 대체 어쩌자고 프리츠 영지까지 양보한 겁니까?"

"거긴 저희 길드 스폰서들도 기대하는 노른자 땅이라고요!

뭐라고 보고 올릴 건데요?"

"노른자가 뭐야, 쌍 노른자…… 아니, 세 쌍 노른자는 되지!"

마치 아이들처럼 찡얼거리는 간부들 사이에 서 있던 발칸이 어색한 웃음을 흘렸다.

"다들 우선 진정하고……."

"아니, 어떻게 진정을 합니까? 이번 레이드 실패하면 저희가 어떻게 되는지 알아요?"

"저희 지금 잃을 거 많아요. 괜히 세계 9대 길드겠어요? 괜히 그중에서 3강이라고? 불리겠냐구요."

"젠장, 믿을 만한 플레이어를 고용했다는 말만 하고 누군지 말을 안 해주니까 이러잖아요!"

"아니, 대체 왜 레이드 당일까지 숨기냐고요!"

"그야 너희들은 표정 관리를 더럽게 못 하기 때문이지."

"……."

합죽이가 된 간부들을 흐뭇한 표정으로 바라보던 발칸이 마침내 무거운 입을 열었다.

"언노운. 카이. 랭킹 1위. 이번 레이드에서 내가 고용한 플레이어의 정체다."

"……!"

처음으로 공개된 용병의 정체에 모두가 경악한 표정을 지었다. 심지어 발칸의 심복이나 다름없는 스티드는 믿을 수 없다는 표정을 지으며 힘겹게 말했다.

"마스터, 아니, 발칸 형님. 머리 다이죠부? 정말 정신 괜찮으세요?"

"음?"

생각지 못한 길드원들의 반응에 발칸이 고개를 갸웃거렸다. 하지만 그것은 시작일 뿐, 그들의 반응은 아까보다 더욱 격렬해졌다.

"저희 길드에 물리 딜러들이 이렇게 쌩쌩한데, 대체 왜 언노운을……?"

"솔직히 까놓고 말해서, 저희 길드가 마법사가 부족하지 전사가 부족합니까? 자탄의 하수인 중 하나인 라두스요? 걔는 마스터는 물론이고 스티드도, 저도 처치할 수 있다고요."

"두라스, 그 빌어먹을 두라스를 잡을 송곳을 구한다고 하시지 않았습니까?"

"랭킹 1위면 뭐해? 그 새끼 성기사잖아요! 검 쓰잖아!"

"마, 망했다…… 와아아아아! 우리 진짜 망했다!"

"여보세요? 아! 거기 제네시스 길드죠? 저번에 몰래 스카웃 제의하셨었는데, 조건을 자세히 듣고 싶어서요……."

발칸은 패닉 상태에 빠진 길드원들을 빠르게 진정시켰다.

"모두 진정해라. 내가 전부 설명해 줄 테니까."

"……설명이요?"

귀를 쫑긋거리는 길드원들.

발칸은 똘망똘망한 눈으로 자신을 쳐다보는 길드원들을 향해 입을 열었다.

"처음에 내가 언노운을 고용하려고 생각한 건 홍보 차원에서였다."

"아하, 판 좀 키우시려고?"

"그래. 과거 천화는 베이거스 레이드 때 유하린과 손을 잡았었지. 그때의 시너지가 얼마나 대단했는지는 모두 말하지 않아도 알겠지."

"뭐, 확실히 그때는 대단했죠. 모니터 너머가 뜨겁다는 생각이 들 정도였으니까."

"만년 솔로 플레이어가 잠깐이지만 거대 길드와 손잡고 레이드를 할 줄은 아무도 몰랐으니……."

"요컨데, 마스터께서는 이번에 저희가 그런 효과를 누리기를 기대했다는 거죠?"

"맞다. 그것도 현재 유하린보다 훨씬 더 유명한 언노운을 이용하여 노이즈 마케팅을 할 생각이었지. 그런데……."

발칸의 표정이 애매해졌다.

"그런 제안을 들고 개인적으로 연락을 넣었는데, 언노운이 욕심을 내비치더군."

"욕심이라 하면……?"

"사실 두라스를 잡을 송곳으로는 마법사 플레이어인 하켄을 고용할 생각이었다."

"하켄이면 예전에 검은 벌 소속이었던 녀석 아닙니까? 얼음 송곳의 하켄."

"맞다. 검은 벌이 해체된 뒤 어디에도 소속되지 않고 있는 빙결 마법사지. 이번에 겸사겸사 영입도 진행할 생각이었는데, 언노운이 이런 말을 하더군."

척.

발칸이 손가락 세 개를 들어 올렸다.

"언론 플레이, 두라스, 라두스. 이 세 가지를 자신이 한꺼번에 처리해 주겠다고."

"그게 말이 됩니까?"

"확실히 성기사는 순정 기사보다 마법 대미지가 조금 섞여 있지만 마법사와 비교하기에는 급이 너무 떨어지잖아요."

"하지만 내가 아는 언노운은 절대로 허언을 하지 않는 사람이다. 만약 그가 성공한다면?"

"그야……."

유저들의 반응은 폭발적으로 터져 나올 것이다. 천화와 유하린 때보다 더, 감히 비교도 할 수 없을 정도로 훨씬 더 크게.

"확실히 그림은 될 것 같네요."

"하지만 실패했을 때의 리스크는 저희가 져야 합니다."

"기억해라. 돌아오는 리스크가 크다는 건, 성공했을 때의 보상도 크다는 것을 의미한다. 이 세상에 위험 부담 없는 투자란 없어."

발칸은 설은영의 예상대로 이번 레이드에 승부수를 던졌다.

'성공하면 더 이상 3강이라는 말이 들려오지 않겠지.'

세계 9대 길드 중 유일한 1강. 그것이 발칸의 야망이자, 욕심. 발칸의 야욕이 만들어낸 주사위가 마침내 굴러가기 시작했다. 과거 천화는 베이거스 레이드를 실시간으로 공개하지 않고 유료 영상으로 가공한 뒤에 판매했다.

하지만 세간의 평가대로 지금의 발칸은 이번 공략에 승부수를 던진 자. 그는 이번 레이드를 편집 없이, 실시간 공개하기로 결정했다. 물론 시청자들이 준비해야 할 것은 머니(Money), 즉 돈이었다.

-흠음. 워리어스가 진짜 무슨 생각을 하고 있는 건지 모르겠네.

-실시간 공개 이거, 리스크 되게 높지 않나?

└높지, 굉장히 높지. 당장 며칠 전의 니혼이치를 떠올려 보라고. 실시간 공략으로 기울어가는 분위기 반전해 보려다가 어떻게 됐지?

└이해가 바로 되네. 친절한 설명 감사.

└아아! 니혼이치 아시는구나!

-아니, 그것보다 워리어스에서는 천화를 대체 어떻게 구슬린 거지?

난 무조건 천화 쪽에서 먼저 자탄을 공략할 거라고 생각했는데…….

└천상계 애들이 뒷거래하는 거 뭐 하루 이틀인가? 궁금하지만 우리가 영영 알 수는 없겠지.

많은 유저들이 천화와 워리어스 사이의 거래에 대해 궁금해했다. 하지만 일반 유저들은 그들이 어떤 거래를 했는지 알 수 없을 것이다. 그것을 빠르게 깨달은 유저들은 관심사를 다른 곳으로 돌렸다.

-와, 그런데 라이브 티켓 판매량 실화냐?

-티켓 하나에 5달러고 현재 400만 명이 시청 중이니까…….

-뭐야, 그럼 2천만 달러라고? 돈을 아주 쓸어 담는구나, 쓸어 담아!

└이게 세계 9대 길드, 그중에서도 3강의 힘이구나. 니혼이치는 티켓 판매량이 이 정도까지는 아니었잖아?

└나 그거 실시간으로 봤는데 걔네는 죽 쒔어. 겨우 70만 명 정도였거든. 심지어 레이드 이후에 스폰들도 대거 끊겼지.

└워어. 레이드 한 번 실패한 것치고는 타격이 큰데?

└세계 9대 길드는 그런 자리에 있는 이들이야. 단 한 번의 실수도 용납되지 않지.

"사람들 평가 한번 각박하네."

카이는 실시간으로 올라오는 유저들의 댓글을 읽으며 중얼거렸다. 그들의 말마따나 워리어스는 현재 돈을 쓸어 담는 중이었다. 고작 레이드 라이브 티켓을 팔아 200억이 넘는 돈을 벌어들이면 누구나 그렇게 생각할 것이다.

'하지만 하나는 알고 둘은 모르네. 어차피 그 돈은 레이드에 실패하는 순간 다 토해내야 한다고.'

실제로 니혼이치가 그랬다. 사실 상식적으로 생각해 보면 매우 간단한 문제이기도 하다. 스폰서들이 왜 세계 9대 길드에 투자하는지를 떠올려 보면 되니까.

'결국 스폰서들은 본인들의 기업을 홍보하고 싶어 하는 것뿐이야. 연예인에게 광고 모델을 맡기는 것과 유사하지.'

하지만 그 어느 기업에서, 자신들의 로고를 장비에 박아 넣은 채로 죽어나가는 이들에게 투자하고 싶겠는가?

실제로 세계 9대 길드는 스폰을 받을 때, 기업의 이미지를 해치지 않아야 한다는 조항이 들어 있었다.

'기업 이미지를 시궁창에 처박은 니혼이치는…… 위약금 뱉어내는데 속 좀 쓰렸겠어.'

그들이 라이브 티켓을 팔아서 번 돈은 35억이 넘지만, 아마 뱉어낸 돈은 더 많을 것이다.

'니혼이치는 다음 행보가 중요해지겠어.'

한 번만 더 삽질을 한다면, 그나마 붙어 있는 스폰서들도 모두 떨어져 나갈 터. 심지어 지금 그들을 스폰하는 기업들은 모두 일본 기업들뿐이다. 이미 해외 기업들이 모두 손을 털었다는 건 그들이 위험한 외줄 타기를 하고 있다는 소리. 한 걸음만 잘못 내디디면, 그곳은 천 길 낭떠러지다.

"뭐, 지금은 니혼이치 애들 걱정할 때가 아닌가?"

카이는 1초가 흐를 때마다 높아져 가는 티켓 판매량을 보며 슬픈 표정을 지었다. 현재까지 라이브 티켓 판매 액수는 211억이 넘어가는 상황.

'만약 거기서 내가 쨔잔! 하고 등장한다면?'

판매량은 최소 1.5배 이상 튀어 오를 것이다.

그것은 절대 근거 없는 자신감이 아니었다. 카이는 현재 자신의 가치가 어느 정도인지를 냉정하게 판단할 정도의 머리는 있으니까.

'실제로 천화 때도 유하린 등장 직후에 티켓 판매량이 폭주했지.'

만약 이번 공략 영상을 후에 워리어스 편집부에서 따로 편집하고, 완전판으로 판매한다면 그때는 다시 한번 더 돈을 쓸어 담는 것이다.

"후우. 재주는 곰이 넘는데 돈은 사람이 챙기네."

말은 그렇게 하고 있지만, 카이의 입꼬리는 부드럽게 호선을 그리며 올라갔다.

'하지만 이번 레이드에서 얻는 건 내가 더 많을 거야.'

워리어스에서 이번에 챙길 수 있는 건 돈과 명예뿐이다. 하지만 카이는 그것들을 포함하여 모든 것을 챙길 것이다.

가벼운 예시로, 그들은 카이에게 영지를 주겠다고 약속했다.

'리버티아의 안전을 지키기 위해선 내가 귀족 칭호를 얻는 편이 가장 좋아.'

때문에 카이는 바쁘게 공성전을 뛰어서라도 영지들을 손에 넣으려고 했다. 그리고 워리어스는 그런 카이의 가려운 부분을 시원하게 긁어주었다.

'영지 두 개라.'

두 개의 영지. 지금과 같은 전국 시대에서는 돈으로 환산조차 할 수 없는 가치를 지니고 있다. 물론 그들이 처음 자신에게 제시한 건 얼굴마담 역할과, 푼돈뿐이었다.

'하지만 고작 그 정도 가치로 움직이기에는 내가 너무 아깝지.'

그래서 카이는 그들에게 역으로 제안을 했고, 레이드를 성공시킬 시 영지 두 개를 건네받기로 계약을 했다.

'레이드 실패 시에는 영지를 하나밖에 받을 수 없지만.'

카이는 실패는 염두에도 두지 않았다. 설령 자탄이 너무나 강대하다 해도, 무슨 일이 있어라도 이번 레이드는 성공시켜야 한다.

'그리고 강해 봐야 얼마나 강하겠어.'

이미 레벨 700이 넘는 지르칸까지 이겨봤던 자신이다. 물론 지르칸 같은 경우에는 뼛속까지 마기가 차 있어서 상성이 매우 유리하기는 했다.

지금 생각해 보면 개발사인 페가수스에게 미안할 정도.

'모든 공격이 치명타로 터질 정도였으니까.'

반면 자탄 같은 경우에는 소속이 뮬딘교지만 기본적으로 키메라. 신성력으로 강타를 한다고 해도, 딱히 더 큰 아픔을 느끼지는 않는다.

-고오오오오오!

카이의 생각이 한창 이어지려던 찰나, 자탄이 고통 어린 신음을 뱉어냈다.

"시작됐네."

워리어스의 정예가 자탄을 둘러싼 채 녀석의 네 다리를 공격하기 시작했다.

보는 이로 하여금 감탄이 나올 정도의 차륜전!

저 모습을 보여주기 위해 대체 얼마나 오랜 시간 동안 합을 맞췄을지는 상상도 가지 않았다.

-우우우웅!

공격을 당한 자탄의 몸을 중심으로 반경 50미터의 공간이 옅은 청색으로 물들었다.

"크윽, 이거 생각보다……!"

"훨씬 불편한데?"

"폐부를 채우는 공기마저 무거워지는 느낌이다."

워리어스의 정예들은 몸이 납덩이처럼 무거워지자 잔뜩 인상을 썼다.

하지만 그것도 잠시뿐. 애초에 재능이 출중한 그들은 빠르게 적응을 마치고, 자탄의 피를 깎아내기 시작했다.

95%…… 85%…… 75%…….

레이드 시간이 25분을 경과했을 때, 마침내 70%의 벽이 허물어졌다.

-크로로로로로로로로로!

쩌저저적.

한 차례 괴성을 뱉어낸 자탄의 몸이 석상처럼 딱딱하게 굳어가기 시작했다. 그와 동시에 중력장 내부에 있던 모든 인원이 밖으로 튕겨져 나갔다.

"웃차. 나도 이제 슬슬 준비해 볼까."

언덕에서 워리어스 길드의 전투를 내려다보던 카이가 미믹을 소환해 냈다.

"미믹, 지난번에 하던 거 기억나지?"

"뀨룩?"

"투석기…… 아니, 퉤석기 말이야. 퉤! 하고 침 뱉어서 듀라한들 멀리 내보냈었잖아."

"꾸루루룩!"

킹 샌드웜의 모습을 한 미믹이 자신의 입을 크게 벌렸다.

순식간에 제 덩치보다 몇 배는 커다란 입구가 만들어졌다.

녹색의 산성 침이 뚝뚝 흐르고, 날카로운 이빨 수백 개가 빼곡히 들어선 킹 샌드웜의 입.

'굉장히 들어가기 싫은 비주얼이지만.'

원래 먹고 살기 힘든 것이 인생 아니겠는가.

카이는 미믹의 혀 위에 몸을 실었다.

띠링!

[자탄이 하수인 '라두스'를 소환했습니다.]

[자탄이 하수인 '두라스'를 소환했습니다.]

[두 하수인이 영원히 잠들기 전까지, 자탄은 '무적' 상태에 돌입합니다.]

붉은 갑주를 전신에 두른 라두스, 푸른 갑주를 전신에 두른 두라스. 놈들이 전장에 모습을 드러내자 카이가 소리쳤다.

"미믹! 뱉어!"

"퉤에에에!"

미믹의 힘찬 침 뱉기와 함께, 녹색 산성에 뒤덮인 카이의 몸이 구름을 향해 쏘아졌다.

─※─

-무난하네.

-무난해.

-아니, 그래도 너무 심각하게 무난한데?

워리어스의 정예진은 자탄의 공격을 여유롭게 회피하고, 자신들의 공격을 성공시켰다. 고도의 차륜전까지 드러내며 자신들의 역량을 뽐내는 워리어스의 공략대들!

하지만 그들의 전투는 보는 이의 눈을 즐겁게 만들 정도로 화려하지는 않았다.

물 흘러가듯 자연스럽게 진행되는 1페이즈.

-이거 슬슬 지루해지는데…….

-난 그냥 나중에 액기스만 봐야겠다. 자러 갑니다, 모두 수고요.

-아, 그냥 천화가 레이드하지. 얼음 여왕님 모습이라도 보게…….

본래 시청자란 자극적인 것을 좋아한다. 대체 누가 뻔한 시나리오의 영상을 보고 싶어 하겠는가. 심지어 워리어스 길드의 구성원 대부분은 근육질의 남성들!

시청자들의 입에서 입을 타고, 그들의 공략 실황은 빠르게 퍼져 나갔다.

-워리어스 애들 공략 어떠냐? 구매할까 말까 고민 중인데…… 지를 만해? 선발대 후기 좀!

└구매하지 마. 내가 보고 있는데 그냥 무난해. 성공하면 나중에 하이라이트 액기스만 따로 뽑아서 보면 될 듯?

-어떻게 하기는. 그냥 잘 막고, 잘 때리고…… 워리어스 애들이 원래 싸움을 잘하기는 하는데, 옛날부터 큰 거 한 방이 없었잖아.

-천화나 프레이, 리미트리스처럼 내세울 만한 얼굴마담이 있는 것도 아니고, 검은 벌처럼 아예 길드 자체에 컨셉이 있었던 것도 아니고.

└컨셉이 왜 없음. 근육질 남성들 짱 많은데.

└응, 꺼지시고~

-뭐랄까, 워리어스 애들은 그냥 무슨 일이든 척척 해내서 재미가 없어.

혹평에 혹평, 그리고 혹평!

확실히 워리어스의 레이드는 교과서에 수록되어도 될 만큼 정석적이었다. 바꿔 말하면 보는 이로 하여금 없던 잠도 유발할 정도라는 뜻.

-자탄 피 70% 밑으로 내려갔네. 어? 석화 시작된다.

-이제 2페이즈인가? 확실히 워리어스 애들이 실력은 좋네. 1페이즈 클리어는 역대 최단 기록이야.

-흐음. 두라스, 라두스 잡을 때는 조금 재미있어지려나?

└그렇겠지. 워리어스에도 마법사들이 없는 건 아닌데, 걔네들이 손잡고 중력장 안에 들어가도 두라스를 잡을 수는 없을걸?

└아마 워리어스가 고용한 용병이 대체 누구인지 이제 공개될 듯.

궁금증을 한가득 담은 유저들의 시선이 각자의 모니터를 뚫어져라 쳐다보았다. 하지만 워리어스의 정예들은 계속해서 뒤로 물러나기만 할 뿐, 새로운 전력은 모습을 드러내지 않았다.

-뭐야……?

-왜 아무도 안 나와?

-설마 레이드 중도 포기냐? 아니면 지각?

심지어 자탄에 의해 소환된 두라스와 라두스마저 주변을 돌아보며 상대방을 기다렸다. 하지만 자신들의 주위에 그 어떤 생명체도 존재하지 않자, 놈들이 입을 열었다.

"겁쟁이들이로군."

"하지만 그쪽에서 오지 않는다면, 이쪽에서……?"

쇄애애애애액-!

말을 잇던 라두스가 고개를 갸웃거렸다. 날카로운 무언가
가 바람을 가르는 소리가 들려왔기 때문이다.

'이건…… 위쪽에서 들리는 소리?'

저도 모르게 고개를 들어 올리는 라두스.

동시에 차가운 검신이 그의 목덜미에 틀어박혔다.

그것이 자탄 레이드의 2페이즈를 알리는 효시가 되었다.

-어……?

-잠깐만, 저 검 어디서 많이 봤는데?

어디서 많이 보던 검. 유저들이 그 검의 정체를 떠올리는 데
에는 오랜 시간이 걸리지 않았다.

-저, 저거 거인을 쓰러뜨린 검이잖아?

미드 온라인에서 거인이라고 칭해질 만한 존재는 한 곳밖에
없다.

다름 아닌 타이탄. 그리고 그들을 쓰러뜨린 이는, 1년이 넘
어가는 기간 동안 단 한 명밖에 없었다.

휙!

라두스와 두라스를 잡고 있던 카메라의 시점이 돌연 하늘

을 향해 돌아갔다.

파아아아앙!

구름을 반으로 갈라내며 멋있게 등장하는 카이.

-언노운, 카이다!

-맙소사…….

-등장 임팩트 보소ㅋㅋㅋㅋ 구름을 두부마냥 자르면서 등장하네ㅋㅋ
ㅋㅋ 최종보스세요?

-워리어스 이 정신 나간 녀석들, 사랑한다!

-아니, 그런데 언노운이 왜 나와? 그럼 두라스는 누가 잡는 건데?

채팅방이 폭주하기 시작했다. 언노운의 등장은 시청자들의
입소문을 타고 빠르게 퍼져 나갔고, 라이브 티켓의 판매량도
덩달아 치솟기 시작했다.

"그럼 시작할까."

쇄애애애애액.

차갑게, 그리고 빠르게 자신의 볼을 스쳐 지나가는 바람을
느끼면서 카이는 정신을 집중했다.

"홀리 익스플로젼."

우우우웅.

카이의 왼손에 하나, 오른손에 하나. 홀리 익스플로젼을 토

해널 신성 마법진이 천천히 돌아가기 시작했다.

-더블 캐스팅!
-허공에서 추락하면서 더블 캐스팅이라, 집중력 하나는 명불허전이군.
-흠. 하지만 저건 아오사 레이드 때도 보여줬잖아?

이미 보여준 적이 있던 더블 캐스팅은 큰 화제가 되지 못했다. 하지만 그때, 카이의 오른쪽 어깨 부근에서 또 하나의 마법진이 생성되었다.

파지지지직!

-오…… 마이…… 갓! 홀리 쉿!
-트, 트리플 캐스팅이라고?
-저 미친 놈! 대체 왜 성기사 따위를 하고 있는 거냐!
-나 같으면 캐릭터 삭제하고 마법사 키웠다.

미드 온라인에는 이런 말이 있다. 영재만이 두드릴 수 있는 게 더블 캐스팅의 문이고, 천재만이 두드릴 수 있는 것이 바로 트리플 캐스팅의 문이라고.

'사룡 시네라스의 드래곤 하트.'

카이는 그것을 취함으로써 트리플 캐스팅을 완성시켰다.

본인의 재능으로는 죽었다 깨어나도 도달할 수 없는, 세 개의 주문을 쏘아낼 화포가 자신의 캐릭터에 장착된 것이다.

'그리고⋯⋯.'

파지지지직.

-서, 설마?

-아⋯⋯니지? 아니겠지?

-누가 내 뺨 좀 때려줄래? 아무래도 내가 잠에서 덜 깬 것 같거든.

지르칸. 악연이라고 불러도 좋을, 지긋지긋한 인연이 남기고 간 위대한 유산.

파지지지지지직.

카이의 왼쪽 어깻죽지에서 신성 마법진 하나가 원을 그리며 천천히 완성되었다.

"쿼드라플 캐스팅."

우우우우우우웅!

그 부름에 답하기라도 하듯, 갓 생성된 네 번째 마법진은 찬란하게 빛나며 힘차게 울부짖었다.

To Be Continued